SIMONETTA SCOTTO

IL GATTO E LA VOLPE

Youcanprint *Self-Publishing*

Titolo | Il gatto e la volpe
Autore |Simonetta Scotto

ISBN | 978-88-93061-46-9

Youcanprint Self-Publishing
Via Roma, 73 – 73039 Tricase (LE) – Italy
www.youcanprint.it
info@youcanprint.it
Facebook: facebook.com/youcanprint.it
Twitter: twitter.com/youcanprintit

L'amicizia: un'anima sola divisa in due corpi

Aristotele

PRECISAZIONE

Questo libro parla di agenti segreti, operativi sotto copertura, spie. L'ispirazione nasce, come è naturale, dalle Agenzie dei Servizi Segreti, come la CIA americana, il SIS britannico, o qualunque altra di qualunque altra nazione, passando anche dal FBI e dai Corpi speciali dei vari Eserciti e della Polizia (pensiamo ad esempio ai GOI, ai NOCS, ai SWAT o ai SEAL...).

L'Agenzia di cui parlo qui è puro frutto di fantasia, in quanto differisce, dalle normali Agenzie di Servizi Segreti, nell'organizzazione che è di tipo prettamente militare, con una gerarchia e dei Gradi che corrispondono esattamente a quelli dell'Esercito e che sono riconosciuti a livello governativo.

Ha persino una propria Corte Marziale con diritto di giudizio e di pena come quella militare.

Specifica uno dei protagonisti, anch'essi di pura fantasia:

"Noi siamo sempre in guerra, quindi le nostre pene sono severissime e, anche se non ci piace ammazzare i nostri uomini, siamo pronti a farlo quando essi si siano resi colpevoli di reati tanto gravi da prevedere una condanna a morte".

Si potrebbe quasi pensare a una branca militare ma con proprio regolamento, proprie leggi che vengono applicate senza problema alcuno.

Ha uno stretto legame con l'Esercito regolare col quale spesso partecipa ad azioni e missioni estremamente pericolose.

Come viene riferito dai personaggi stessi:

"... Ci chiamano per risolvere delle situazioni, a volte stagnanti, in maniera definitiva. Così sono disposti a chiudere un occhio sui nostri metodi, secondo alcuni un po' troppo drastici, ma decisamente efficaci.... o quando hanno bisogno di uomini che non abbiano paura di lasciarci la pelle.....".

Sono infatti uomini sottoposti a un addestramento durissimo, come durissima sarà la loro vita, e quindi pronti a tutto, anche a "morire se sarà necessario".

Le missioni sono tutte inventate, benché si riferiscano a problematiche veramente esistenti nel nostro mondo così travagliato.

Questa precisazione è utile al lettore per impedirgli di cercare una corrispondenza con una realtà inesistente.

L'autrice

Questo è il 5° dei miei libri; pur essendo un romanzo a sé stante, come tutti gli altri, ha dei riferimenti ai libri precedenti:

"La morte non la puoi ingannare" Ed. Pagine

"Magda Dexter" Ed. Albatros il Filo

"Operazione Filadelfia" Ed. Youcanprint

"O con lo scudo o sullo scudo" Ed. Youcanprint

Chi fosse interessato ad approfondire le fasi di questa storia, può leggerli, troverà azioni e fatti che lo aiuteranno a seguire meglio il lavoro e la vita privata dei miei protagonisti James Clark e Steve Harris.

Il 6° libro, in preparazione, si intitolerà "Il dio della guerra"; toccherà a James e a Steve catturare un ex operativo diventato uno spietato serial killer, anche mettendo a rischio la loro stessa vita....

Chi volesse conoscermi meglio può andare a curiosare nel mio sito:

http://simonettascotto.wix.com/scrittrice-

o contattarmi su Twitter:

@simonettasc

O Facebook:

Simonetta Scotto Vivaldi

Ai nostri Marò

Massimiliano Latorre e Salvatore Girone

PREFAZIONE

Se non avessi letto i precedenti romanzi di Simonetta Scotto, azzarderei l'ipotesi di un'autrice che riesce con grande facilità ed equilibrio a sdoppiarsi.

Mi è persino balenata la possibilità di trovarmi di fronte a uno "sdoppiamento" di personalità.

Ho dovuto rileggere alcune parti per mettere a fuoco un giudizio equilibrato.

E' vero, la personalità di Simonetta Scotto è complessa, ma fondamentalmente il suo interesse si focalizza su alcuni argomenti sui quali esprime una fermezza di valutazione, una certezza di valori difficilmente riscontrabili in questa nostra epoca immersa nel relativismo.

Il tema principale, la prima chiave di lettura, è l'amicizia.

L'amicizia fra James e Steve, profonda, completa, che è insieme fratellanza, cameratismo, affetto fraterno, volontà comune; qualcosa che la Scotto in parte descrive, ma che per lo più lascia intuire attraverso il comportamento e il pensiero dei due amici.

Un'amicizia che ci ricorda alcune espressioni di Sandor Marai ne "Le braci" (Adelfi 1992) in cui si cerca di svelare appunto il mistero dell'amicizia:

"Nel loro rapporto pieno di tenerezza, serietà e dedizione, vi era qualcosa di fatale, di così luminoso da scoraggiare qualsiasi sarcasmo.

Le relazioni di questo genere suscitano un senso di invidia in tutte le comunità umane; non c'è nulla che gli uomini desiderano con tanto ardore come un'amicizia disinteressata".

E anche come scrive Siegfried Kraucauer, l'amicizia è:

"...fondersi in un tutto unico e tuttavia continuare ad esistere ciascuno per proprio conto; questo è il segreto del vincolo dell'amicizia".

Simonetta Scotto è in questo senso ottimista, i suoi eroi, James e Steve, sono, nella sua mente, come semidei, non possono morire perché, come Achille, sono stati immersi nello Stige; il tallone non è emotivamente contemplato.
Ma possono soffrire, questo sì!
E nella sofferenza il loro rapporto si esalta e si rafforza.
A questo giunge la forza dell'amicizia, in chi la vive ma anche in chi ne è osservatore stupito e in effetti, un po' invidioso:

"Verae amicitiae sempiternae sunt" (Cicerone – De amicitia)

"E la mia sorte è invidiabile; ho vissuto e ho dato l'anima per i miei amici" (Boris Pasternak - Il luogotenente Schmidt)

Altro argomento forte, altra chiave di volta e di lettura nei romanzi della Scotto è l'Amore di Patria, il senso dell'Onore manifestato dai protagonisti, ma anche dagli altri che siano essi comprimari o semplici comparse:

"Dulce ac decorum pro patria mori" (Orazio)

Una intima convinzione che il senso del Dovere sia costitutivo dell'uomo, ispira la costruzione di questi personaggi di cui ammiriamo la solidità del carattere e la capacità di immediato adattamento operativo.
Si percepisce con chiarezza che, ricevuti gli ordini, si calano nelle circostanze con subitanea attitudine.
Ma non sono automi! E qui si rivela la duplice personalità dell'Autrice che scova, nell'anima di questi "operativi" che uccidono e talvolta massacrano, torturano con abilità

diabolica, un profondo, anche se in parte inespresso, sentimento di umanità.

Essi hanno una serena, felice vita privata, mogli amorevoli, un giorno sicuramente anche figli adorati.

Talvolta vengono accennati motivi di riflessione morale: quale giudizio si può dare delle loro azioni?

La risposta sta nella Ragione superiore dell'ubbidienza del soldato, e nel proposito che è quello di accettare il sacrificio di un certo numero di vite umane per salvarne molte di più; come dice a un certo punto James:

"…quando devo far fuori qualcuno…, penso solo che chi sto per uccidere non è un povero innocente indifeso e che la sua morte potrà salvare certamente molte altre vite".

E ancora:

"La guerra è guerra, c'è chi muore, c'è chi sopravvive…"

Cosa possiamo obiettare noi?

La Ragione di Stato, da Machiavelli in poi, domina le azioni degli uomini, spesso ricoperta di ipocrisia e ammantata di sussiego; non è questo il luogo per impostare una disquisizione politico-morale sul fine che talvolta sembra giustificare i mezzi o sulla moralità degli Stati.

Resta come motivo di riflessione e come stimolo alla ricerca di una risposta in ciascuno di noi.

Duplice dunque anche il risultato ottenuto dalla Scotto che ci diletta con una piacevole prosa, ma induce anche profonde considerazioni sotto l'aspetto etico.

Grazie anche per questo.

Ignazio Longiave

I

Il Corso di Addestramento per le reclute dei nostri Servizi era iniziato, oramai, da quasi due mesi e mezzo e, come spesso accade, erano incominciate purtroppo le prime rinunce.

Indubbiamente era, ed è, un Corso durissimo, con istruttori ancora più duri; Steve, Steve Harris, il mio miglior amico da sempre, un fratello per me, che da quell'anno era diventato istruttore di "Tecniche di guerriglia", aveva rapidamente scalato la vetta dei "cattivi", ma non mi aveva ancora raggiunto: il primato di perfido "istruttore carogna", il più odiato da tutti, lo avevo conservato io.

Certamente quello che dovevo, e devo, insegnare ai ragazzi non è una passeggiata, lo ammetto, ma è di vitale importanza; il mio compito, piuttosto gravoso, è di addestrarli al "dominio della paura" e alla "resistenza al dolore".

Facile a dirsi, ma non altrettanto a farsi.

Per prima cosa devono imparare a vincere quelli che da sempre sono gli spauracchi di ogni essere umano: la paura del pericolo, della sofferenza e della morte.

Questo non vuol dire essere incoscienti, ma implica, anzi, la piena coscienza del pericolo, della sofferenza e della morte che bisogna riuscire ad affrontare senza timore.

Come ho sempre spiegato ai miei studenti, vincendo la paura si può agire con calma anche nelle situazioni più difficili e quindi aumentare notevolmente le probabilità di un esito positivo della missione.

Inoltre, vincere la paura della sofferenza fisica è il primo passo verso la resistenza al dolore, fondamentale per affrontare gli inconvenienti che un agente, o un soldato di un

Corpo Speciale, potrebbe incontrare sul suo cammino, per esempio quello di essere catturato dal nemico ed essere torturato crudelmente per estorcergli importanti informazioni.

La sua capacità di non cedere al dolore fisico è determinante per salvare la sua vita e soprattutto, non rivelando nomi o posizione di truppe, per salvare quella dei suoi compagni.

Non è mai stato facile, e non lo era nemmeno per loro - lo capivo benissimo perché anch'io, da recluta, c'ero passato - sopportare un addestramento del genere, basato sulla paura e sulla sofferenza che ero costretto a infliggere ai miei ragazzi per abituarli a dominarle, ma faceva parte integrante del Corso.

Se avessero mollato e non fossero riusciti a portarlo a termine, non avrebbero mai potuto diventare degli operativi.

All'inizio i miei allievi erano trenta, ora, dopo quasi due mesi e mezzo, erano scesi a ventidue; con mia grande soddisfazione Miller e Lee, i due poliziotti di San Diego[1] che avevano avuto l'occasione di partecipare con noi a un paio di missioni, e che in seguito a queste avevano deciso di intraprendere la nostra strada, erano fra quelli che stavano resistendo bene e che, quasi certamente, sarebbero riusciti ad arrivare fino in fondo al percorso.

Un giorno ci fu un episodio decisamente spiacevole: avevo formato delle coppie che dovevano cimentarsi in un combattimento corpo a corpo piuttosto violento; chi portava i colpi doveva imparare a dosarli nel modo giusto, secondo la sofferenza che voleva infliggere all'avversario, chi li riceveva, invece, doveva sopportarli senza troppi lamenti, cercando di concentrare la mente sulla convinzione che il dolore che provava era assolutamente sopportabile.

Infatti la nostra risposta al dolore, in termini di sofferenza, è, per almeno il quaranta per cento, legata alla certezza che

---

[1] Vedi della stessa autrice "O con lo scudo o sullo scudo"

abbiamo di soffrire, quindi è soprattutto una categoria mentale.

Se riusciamo ad agire su di noi in questo senso, la percezione del dolore diminuisce nettamente.

A un certo punto un ragazzo, di nome Porter, dopo aver ricevuto un certo numero di colpi dal suo compagno, si accovacciò per terra e rimase lì, immobile, strettamente abbracciato alle sue ginocchia.

Andai da lui e gli ordinai di rialzarsi immediatamente e di riprendere l'allenamento, ma disobbedì e non si mosse.

Allora lo tirai su di peso; improvvisamente lui estrasse dalla tasca un coltello e mi si gettò contro con rabbia cercando di colpirmi.

Gli afferrai il braccio per disarmarlo, ma, non volendo romperglielo, non riuscii a evitare che mi ferisse di striscio.

Fui costretto a dargli un pugno che lo fece crollare per terra; chiamai due guardie e ordinai di metterlo agli arresti per cinque giorni.

Lo ammanettarono e lo trascinarono via di forza, mentre si dibatteva e inveiva nei miei confronti con termini irripetibili.

Stabilii che doveva rimanere in isolamento per i primi tre giorni, senza vedere né parlare con nessuno, a parte la guardia che gli avrebbe portato da mangiare, ma che, naturalmente, non gli avrebbe mai rivolto la parola.

Volevo lasciarlo cuocere nel suo brodo e dargli la possibilità di meditare con calma sul suo gesto e su tutto quello che era uscito dalla sua bocca.

Il quarto giorno andai da lui; lo trovai seduto sulla branda.

Quando entrai nella cella, non si alzò, non mi salutò, non mi guardò, anzi appoggiò i gomiti sulle ginocchia e si prese la testa fra le mani.

Mi sedetti accanto a lui.

"Porter" gli dissi "hai pensato al tuo comportamento? Hai valutato appieno l'atto che hai commesso? A parte gli insulti, hai cercato di colpire con un coltello un altro uomo, non un nemico, ma un amico e, in questo caso, addirittura un tuo Superiore.

Avrei potuto deferirti alla Disciplinare che ti avrebbe condannato certamente a una pena molto pesante. Secondo te perché non l'ho fatto?".

Non si mosse.

"Guardami negli occhi e rispondi. E' un ordine, Porter" esclamai.

Lentamente alzò la testa e mi guardò.

"Non lo so" rispose.

"Allora te lo dico io. Non l'ho fatto perché nonostante tutto ho fiducia in te; sono convinto che tu abbia le qualità necessarie per diventare un buon operativo".

Mi rivolse uno sguardo stupito.

"Sì" continuai "dopo tanti anni da istruttore, penso di aver imparato a conoscere i miei ragazzi.

Tu sei coraggioso, sei forte, con i tuoi compagni sei sempre stato leale; ora devi imparare a controllare completamente le tue reazioni, a valutare la portata dei tuoi gesti.

Se non ti avessi disarmato a tempo, invece di colpirmi di striscio, avresti potuto ferirmi gravemente e allora non avrei potuto fare niente per te; la giustizia avrebbe seguito il suo corso e tu ne avresti avuto la vita rovinata.

So benissimo che mi odi, ci sono abituato, è una reazione normale; tutti i ragazzi mi odiano fino alla fine del Corso, fino a quando, cioè, non si rendono conto che quello che ho insegnato loro è indispensabile per rimanere vivi anche nelle situazione peggiori in cui potranno trovarsi.

Potrei raccontarti molte storie di operativi che, durante una missione, sono stati costretti a mettere in atto quello che hanno imparato qui, e in questo modo si sono salvati la vita.

Io so che tu sei in grado di resistere e di arrivare fino in fondo all'addestramento, ne sono pienamente convinto; dipende solo da te, da quanto tieni a diventare un agente.

Naturalmente non ti posso costringere, deve essere una tua scelta.

Dopodomani uscirai di prigione, sarai libero di rimanere o di andare; spero comunque di trovarti con gli altri alla prossima esercitazione".

Mi alzai e feci segno alla guardia di farmi uscire. Mentre varcavo la porta della cella, sentii la sua voce:

"Grazie, Signore, a presto. Spero che mi abbia perdonato e di non averle fatto troppo male".

Mi voltai e gli sorrisi:

"Una ferita da poco, noi siamo abituati a sopportare ben altro, vero Porter?".

Annuì e mi restituì il sorriso; me ne andai con la certezza che non l'avrei perso.

Dopo due giorni lo ritrovai fra i suoi compagni e questa fu per me una grande soddisfazione.

Il tempo passava rapidamente; io ero sempre più impegnato nel lavoro, anche perché il mio collega che insegnava "Arti marziali" aveva dovuto tornare a casa per gravi problemi familiari e Fred, il Generale Fred Mitchell, il mio Capo, mi aveva ordinato di prendere il suo posto per i prossimi quindici giorni, quindi, praticamente, fino allo scoccare dei famosi tre mesi.

Quando le reclute entrarono nella palestra per la prima volta, dopo la partenza del loro istruttore, e trovarono me, dovettero pensare, e lo capii dall'espressione desolata dei loro volti, a una vera e propria persecuzione nei loro confronti.

Julie, intanto, era occupatissima nei preparativi del nostro matrimonio che si sarebbe celebrato alla fine del primo trimestre del Corso, cioè da lì a venti giorni.

"Matrimonio"!

Mi sembrava strano che stessi per sposarmi, quasi non potevo credere di essermi deciso a compiere questo passo così importante e così impegnativo, eppure lo desideravo con tutto me stesso, per me e, soprattutto, per lei, che era al settimo cielo dalla gioia.

Io, naturalmente, avevo mille angosce.

Temevo di non tornare più da una delle prossime missioni, temevo di farla soffrire come avevo fatto soffrire Raquel[2], temevo di lasciarla sola...purtroppo era una eventualità di cui bisognava tener conto a ogni mia partenza, ma, finché ero "single", era un problema che riguardava esclusivamente me, ora invece c'era Julie; se fossi morto sarebbe stata lei a soffrirne, non io.

A volte mi sfogavo con Steve che, come mio migliore amico, aveva l'onere di sopportarmi e di tranquillizzarmi, o per lo meno di provarci.

"James" mi rispose una di quelle volte che avevo toccato l'argomento "è sempre stato così, noi partiamo e non sappiamo se torneremo. Non è cambiato niente; il fatto che tu fra poco avrai una moglie, non potrà aumentare né diminuire le tue probabilità di morire.

Comunque sta' tranquillo, se morirai i Servizi ti offriranno un funerale molto commovente, degno di un eroe, e poi daranno una lauta pensione alla tua vedova".

Sempre così, Steve, inizia un discorso serio, poi termina facendo una delle sue abituali battute di spirito che servono, comunque, a sdrammatizzare qualsiasi situazione, anche la più pesante.

Tutte le sere al rientro dal lavoro, Julie mi accoglieva con un fiume di parole sulla cerimonia, sui suoi genitori e su sua sorella che sarebbero arrivati a Washington fra qualche giorno, sugli addobbi per la Chiesa, sul viaggio di nozze…

Per farla tacere a un certo punto la baciavo, la stringevo a me e nel giro di qualche minuto ci ritrovavamo nella nostra

---

[2] Vedi della stessa autrice "La morte non la puoi ingannare"

camera impegnati in qualcosa di più immediato e molto più piacevole che, per fortuna, non necessitava di tante chiacchiere.

Una settimana prima della cerimonia arrivarono da Baltimora i famosi parenti, che si sistemarono in quella che era stata la casa di Magda[3], la sua ex datrice di lavoro, purtroppo barbaramente assassinata, e che Julie aveva ereditato insieme a tutto il suo patrimonio.

La sera stessa organizzammo una cena per conoscerci e io invitai anche Steve, che per me era, ed è, veramente come un fratello e che rappresentava, fino a quel momento, tutta la mia famiglia.

Per primi arrivarono i miei futuri suoceri e la mia futura cognata: il padre, Benjamin, la madre Susan e la sorella Maureen.

Notai subito che Maureen, di un anno più giovane di Julie, le rassomigliava in maniera impressionante: stessi capelli rossi, stessi occhi incredibilmente verdi, stesso sorriso disarmante e dolcissimo.

Anche lei studiava Lingua e Letteratura Inglese ed era molto prossima alla laurea.

Benjamin e Susan, ancora piuttosto giovani, erano due veri irlandesi, rossi di capelli, gioviali, allegri, simpaticissimi; mi trovai subito a mio agio con loro e loro con me, quasi ci fossimo conosciuti da sempre.

A un certo punto, fra le altre cose, mi chiesero, com'era logico, del mio lavoro; risposi, non potendo dire la verità, quello che tutti sapevano di me, cioè che ero un Ufficiale dell'Esercito, che appartenevo a un Corpo Speciale e che quindi venivo utilizzato spesso per delicate missioni all'estero.

Alle mie parole, negli occhi di Susan passò un'ombra, un velo di apprensione.

Non potei fare a meno di pensare:

---

[3] Vedi della stessa autrice "Magda Dexter"

"Immagina sua figlia già vestita a lutto!".

In quel momento arrivò Steve, porse a Julie un magnifico mazzo di fiori e si voltò per conoscere i suoi parenti; quando vide Maureen, i suoi occhi assunsero quell'espressione da maschio seduttore che ben gli conoscevo, ma questa volta percepii nel suo sguardo anche una luce particolare, una strana tenerezza, del tutto insolita per lui.

Mi chiesi:

"Non è che, per caso, gli è preso quel famoso "Colpo di fulmine" a cui non ha mai creduto?".

Francamente lo sperai con tutto il cuore; due quasi fratelli, innamorati di due sorelle: sarebbe stata una situazione magnifica che ci avrebbe tenuti insieme per sempre e ci avrebbe finalmente fatti diventare una vera famiglia.

La cena andò benissimo; Julie rinunciò ai soliti piatti cinesi e si dimostrò, preparando delle pietanze a dir poco deliziose, una cuoca d'eccezione, come non avrei mai creduto.

Si creò rapidamente fra di noi un clima molto sereno, allegro, confidenziale; parlammo di tutto un po' e ci trovammo quasi sempre d'accordo su ogni argomento toccato.

A un tratto Susan notò che portavo al collo una catenina d'oro con la croce e mi chiese se ero cattolico, come loro.

Le risposi che lo era mia madre e che io ero stato battezzato, avevo fatto la Comunione e la Cresima, ma poi nel corso degli anni, dopo la morte dei miei, non avevo più frequentato la Chiesa, né, in realtà mi ero più chiesto a che religione appartenevo.

Precisai che credo in Dio, questo sì, ma come Essere superiore al quale mi rivolgo raramente e soltanto nei momenti in cui mi rendo conto che solo Lui potrebbe aiutarmi.

Evitai di aggiungere che nel mio lavoro, quando devo far fuori qualcuno, cosa che purtroppo succede molto spesso, e molto spesso purtroppo anche a sangue freddo, non mi chiedo mai se Dio è d'accordo o no con quello che faccio, penso solo che chi sto per uccidere non è un povero innocente indifeso e che la sua morte potrà salvare certamente molte altre vite.

Un'altra cosa che mi guardai bene dal dire fu che quella croce che porto al collo è il pegno d'amore di Raquel, cioè della donna che ho amato di più in assoluto e che continuerò ad amare per sempre, finché avrò vita, nonostante l'amore immenso che provavo, e provo, per Julie: dubito che avrebbero capito.

Per tutta la sera Steve corteggiò spudoratamente Maureen e lei ricambiò apertamente le sue attenzioni.

Quando rimanemmo soli, Julie, stringendosi a me, disse:

"James, hai visto Steve e Maureen come si sono comportati? Mi sembra che si piacciano molto; pensa come sarebbe bello se si innamorassero e si sposassero, saremmo sempre tutti e quattro insieme, i nostri figli giocherebbero e crescerebbero con i loro, sarebbe davvero fantastico".

Le accarezzai il viso.

"Come corri, Julie, si conoscono da poche ore e tu li vedi già sposati e con un gregge di bambini intorno. Vacci piano, non illuderti, lo sai che Steve non è costante in amore....però, se devo dirti la verità, anch'io ci ho pensato.

L'unica cosa che possiamo fare è sperare nel miracolo, magari questa è proprio la volta buona che si decide a mettere su famiglia...

Senti, amore, a proposito di bambini, quand'è che ne facciamo uno noi?".

Mi sorrise dolcemente:

"Non ti sembra troppo presto per parlarne, James? Non siamo nemmeno ancora sposati. Ci penseremo fra un po'".

Poi mi guardò preoccupata e aggiunse:

"Ti ho deluso? Lo desideri veramente tanto un bambino?".

Scossi la testa e, prima di rispondere, le baciai i capelli.

"No, Julie, non mi hai deluso, hai ragione tu, dobbiamo prima fare un periodo di rodaggio io e te da soli, poi verrà il momento giusto anche per questo.." esitai un attimo "ascolta, amore, con te devo essere sincero, c'è una cosa molto importante che non ti ho mai detto e che invece è bene che tu sappia".

Feci una pausa, presi fiato, poi iniziai a parlare:

"Quando è morta, Raquel aspettava un bambino, mio figlio....un figlio che non potrò mai tenere fra le braccia. Forse è anche per questo che ne desidero tanto uno...Scusami Julie, sto sbagliando le parole, non fraintendermi ti prego, non pensare che io desideri un figlio da te soltanto per sostituire quello che ho perso.

No, io voglio un figlio nostro, mio e tuo, nato dal nostro amore.

Solo che lo vorrei presto perché quel bambino, che non vedrà mai la luce, ha fatto nascere in me la paura, tutte le volte che devo partire per una missione, che possa succedermi qualcosa, la paura di non tornare più e di non fare in tempo ad avere la gioia di diventare padre".

Feci un'altra pausa; lei aprì la bocca per parlare, ma io le misi un dito sulle labbra:

"Aspetta, non dire niente. C'è un'altra cosa che devo confessarti e posso farlo solamente ora che tu stai per diventare mia moglie".

Mi guardò di nuovo preoccupata; ripresi:

"Io sono un Ufficiale, un Capitano, e questo lo sai ed è vero, ma non appartengo all'Esercito regolare: io sono un agente operativo dei Servizi segreti e lavoro sempre, esclusivamente, sotto copertura, cioè ogni volta ho un nome diverso, una faccia diversa, una storia diversa.

E' il motivo per cui tu mi hai visto cambiare aspetto e poi mi hai visto ritornare differente da come ero partito.

Molto spesso vengo aggregato all'Esercito per compiere qualche operazione delicata e, purtroppo, quasi sempre estremamente pericolosa.

E' per questo che ci chiamano, perché noi siamo in grado di risolvere delle situazioni che altrimenti continuerebbero a stagnare per molto tempo e, per farlo, utilizziamo dei metodi di cui un soldato regolare non potrebbe servirsi.

Ma è anche la ragione per cui, quando partiamo, non abbiamo nessuna certezza di poter salvare la pelle, di poter rimanere vivi.

E' il mio lavoro, l'unico che io so e voglio fare, ed è tutto quello che posso dirti, nient'altro.

Non potrai sapere mai né dove andrò, né chi sarò, né quando tornerò.

Non potrò mai parlarti a fondo delle mie missioni, dei miei doveri, di quello che farò durante le mie assenze.

Ora sai tutto di me, per lo meno tutto quello che puoi sapere, altro non posso rivelarti.

Ricordati che nemmeno tu potrai parlarne con nessuno, neanche con i tuoi genitori o con tua sorella.

Adesso che sai chi sono in realtà, spero che tu mi voglia sposare lo stesso".

Rimase un attimo in silenzio, poi mi accarezzò il viso.

"James, io ti amo tanto e ti amo come sei; voglio essere tua moglie, anzi, sono fiera di diventare tua moglie.

Non so esattamente cosa fai quando parti e non voglio nemmeno saperlo, se tu non puoi dirmelo, ma sono sicura che, quello che fai, lo fai per il bene del tuo Paese e quindi per tutti noi.

Anche i nostri figli un giorno saranno fieri di avere te come padre, di questo ne puoi essere certo.

Non credere che io sia così ingenua da non aver sospettato qualcosa, da non avere avuto dei dubbi; mi sembrava strano che un militare regolare cambiasse aspetto così spesso, si facesse crescere barba e baffi, o mutasse il colore dei capelli, ma aspettavo che tu mi dicessi la verità e ora l'hai fatto. Grazie.

E grazie di avermi parlato di Raquel, di avermi detto che aspettava il tuo bambino; chissà come era felice, povera ragazza!

Mi dispiace tanto per lei e per te; purtroppo non posso fare niente per questo dolore che hai provato e che provi, se non amarti con tutta me stessa, ma ti prometto che avremo dei figli nostri e che li cresceremo insieme, perché sono sicura che tu tornerai sempre da noi, lo sento.

E poi sta' tranquillo, tua moglie sarà alla tua altezza, saprà mantenere il tuo segreto. Vorrei farti solo una domanda, se posso; Steve fa il tuo stesso lavoro?".

"Sì".

"Lavorate insieme?".

"Quasi sempre".

"Avete qualcosa a che fare con quegli Ufficiali dell'Esercito che sono morti recentemente a Filadelfia?".[4]

"Sì, ma basta, Julie, fermati, non mi chiedere altro, ti prego, non posso più risponderti; ti ho già detto anche troppo".

"D'accordo, James. Sappi però che sono più tranquilla se tu e Steve siete insieme, quando andate in missione, perché, col bene che vi volete, sono certa che vi aiuterete l'un l'altro; ti prometto che non ti chiederò più niente".

Me la strinsi fra le braccia; aveva ragione Steve a dirmi che ero stato fortunato a trovare una donna come Julie, e che dovevo stare attento a non farmela scappare.

Ora non me la sarei più lasciata sfuggire, mai più per tutta la vita, me la sarei tenuta stretta per sempre, fino al mio ultimo respiro.

---

[4] Vedi della stessa autrice: "Operazione Filadelfia"

II

Arrivò anche la fine dei primi tre mesi di addestramento.

Ora avremmo sospeso le lezioni per quindici giorni, durante i quali le reclute avrebbero avuto la possibilità di decidere con calma se volevano, o no, continuare su quella strada per poter diventare agenti dei Servizi.

Chi proprio non se la fosse sentita di entrare a far parte del nostro Corpo, avrebbe potuto rinunciare e andarsene senza problemi.

Comunque avrebbero avuto tempo, per pensare, fino all'ultimo giorno dell'ultimo trimestre, anzi, fino al giorno del giuramento; dopo di che o dentro per tutta la vita, o definitivamente fuori.

Passato questo periodo di "vacanza" il Corso avrebbe ripreso a pieno ritmo per altri tre mesi.

In pratica sarebbe proseguito così per sei volte: ogni tre mesi, due settimane di sosta.

Al mio matrimonio mancavano oramai solo due giorni; Julie era sempre più emozionata e sempre molto indaffarata, anche se avevamo deciso che sarebbe stata una cerimonia molto intima, con, unici invitati, i suoi parenti e i testimoni, Steve per me e Maureen per lei, e che saremmo partiti per un breve viaggio di nozze subito dopo.

La nostra meta? La classica meta obbligatoria per ogni coppia di sposini: la visita alle Cascate del Niagara e dintorni.

In realtà Julie avrebbe voluto andare a fare un giro romantico in Europa, in particolare in Italia e in Francia, ma io col mio stipendio non potevo certo permettermi un viaggio così costoso, e non avevo voluto assolutamente che fosse lei a pagare, anche se mi era dispiaciuto molto darle una delusione.

Aveva capito e mi aveva detto che, ovunque fossimo andati, sarebbe stato bellissimo, perché saremmo stati noi due, e questa era la sola cosa che contava.

L'ultimo giorno del Corso, dopo aver fatto un altro discorsetto alle reclute, il Generale Fred Mitchell mi ordinò di passare dal suo ufficio prima di tornare a casa.

Pensai che volesse farmi gli auguri e quindi non mi preoccupai, ma quando entrai e mi sedetti di fronte a lui, vidi che aveva un'espressione seria e, mi sembrò, anche leggermente imbarazzata.

Mi rivolse uno sguardo strano, quasi paterno, e iniziò a parlare:

"James, ascoltami con attenzione e senza interrompermi mai; ti devo raccontare una vecchia storia, è arrivato il momento giusto per farlo.

Devi sapere che io avevo un fratello, Thomas, più grande di me di cinque anni, per il quale provavo una vera e propria adorazione: bello, forte, buono, sempre pronto a prendere le mie parti e a proteggermi da tutto e da tutti; insomma, lui era il mio mito.

Avevo anche un amico carissimo, mio coetaneo; il mio migliore amico, quasi un altro fratello, come te e Steve per intenderci.

Ci eravamo conosciuti sui banchi di scuola, delle elementari addirittura, e non ci lasciavamo mai, condividevamo giochi, pensieri, desideri, ideali…e monellerie.

Quando Thomas compì diciotto anni entrò nei Servizi e per noi divenne immediatamente un eroe, anche se, come puoi immaginare, non raccontava mai quello che faceva di preciso; anzi, quest'alone di mistero che lo circondava, stimolava ancora di più la nostra fantasia di ragazzini.

Trascorsero due anni, durante i quali, quando rientrava a casa per quei quindici giorni di licenza, ogni tre mesi, lo subissavamo di domande che rimanevano, purtroppo, quasi sempre senza risposta, a parte alcuni accenni a un addestramento molto duro, faticoso, ma comunque esaltante.

In seguito, tutte le volte che partiva per una missione, era diventato anche lui un operativo, noi inventavamo le sue avventure, non potendo sapere quali erano realmente, sognavamo paesi lontani, battaglie sanguinosissime e, eravamo oramai degli adolescenti, anche donne bellissime e misteriose che cadevano affascinate ai nostri piedi.

Finito il liceo, a diciotto anni, ci iscrivemmo all'Università; scegliemmo due facoltà diverse, lui Ingegneria, era un cervellone, io Legge, ma, nei momenti liberi, eravamo sempre assieme".

Mi chiedevo perché mi raccontasse queste cose della sua giovinezza, così personali, non capivo dove volesse arrivare, ma rimanevo in silenzio, come mi aveva ordinato.

Fred continuava:

"Avevamo iniziato da un paio di mesi l'Università, quando ci arrivò la terribile notizia che Thomas era morto durante una missione, mentre, al comando di un pugno di uomini, stava liberando alcuni nostri soldati prigionieri in Congo.

L'operazione era perfettamente riuscita, i soldati erano stati liberati, ma all'improvviso, mentre lui e i suoi ragazzi stavano allontanandosi velocemente, uno dei ribelli, che sembrava morto, aveva avuto ancora la forza di sparare.

Era destino! Ha sparato a caso, nello spasmo della morte, e ha centrato mio fratello: l'ha ammazzato sul colpo".

Si fermò, chiuse gli occhi sospirando, poi riprese:

"Fu un dolore atroce, che gettò nella più cupa disperazione i miei genitori e me, e lo è ancora adesso, dopo tanti anni, te lo posso giurare.

Beh, andiamo avanti.

Dopo qualche giorno di angoscia profonda, decisi di prendere il suo posto, mi sembrava di doverglielo; ne parlai con il mio amico a lungo, valutando i pro e i contro, le difficoltà, la necessità di continuare gli studi intrapresi e contemporaneamente di addestrarmi così duramente, come ci aveva spiegato Thomas.

Discutemmo per giorni e giorni; alla fine decidemmo di compiere questo passo insieme, non ci saremmo lasciati nemmeno in questa avventura che stavamo per iniziare.

Presentammo entrambi domanda di entrare nei Servizi, fummo accettati e incominciammo il nostro cammino.

Fu un periodo molto duro, e tu lo sai bene, anche perché contemporaneamente dovevamo studiare, ma ci sosteneva una volontà ferrea.

All'Università conoscemmo due splendide ragazze, due amiche, e subito ce ne innamorammo perdutamente.

Una era Luise, mia moglie, l'altra si chiamava Emy".

A questo punto incominciai ad agitarmi sulla sedia; Fred se ne accorse e mi ammonì:

"Sta' buono, James, non interrompermi, per favore.

Dunque, ci innamorammo perdutamente. Eravamo felici, uscivamo sempre in quattro, ci divertivamo molto e facevamo tanti sogni per il futuro; dopo un paio di anni, terminato l'addestramento, entrammo nei Corpi di azione, come operativi.

I nostri Capi incominciarono a mandarci in giro per il mondo; portammo a termine brillantemente molte missioni e ricevemmo molti encomi.

Un giorno il mio amico mi confidò, pazzo di gioia, che Emy aspettava un bambino e che si sarebbero sposati subito, e così fecero; Luise e io fummo i loro testimoni di nozze.

Quando il bimbo, un maschietto, nacque, fui anche il suo padrino di Battesimo, e Luise la sua madrina.

Passarono ancora un paio di anni, durante i quali fu più il tempo che trascorremmo all'estero che quello che passammo in famiglia (intanto anch'io avevo sposato Luise).

Un giorno il mio amico mi avvisò che, seppur con grande rimpianto, aveva deciso di dare le dimissioni da operativo.

Mi disse che non voleva lasciare la moglie e il figlio per tanto tempo da soli, che temeva di morire lontano da loro e...insomma, chiese e ottenne, visto che nel frattempo si era laureato in Ingegneria, di entrare nel Corpo tecnico.

Divenne abilissimo nel settore delle armi, ne inventò e costruì alcune veramente innovative che furono preziosissime per i nostri agenti.

Tutto procedeva nel modo migliore, compresa la nostra amicizia che si rinsaldava giorno per giorno, nonostante io, sempre operativo, passassi molto tempo lontano.

Luise e io ci eravamo particolarmente affezionati al bambino, anche perché, come sai, purtroppo non potevamo avere figli.

Passò qualche anno ancora, poi un giorno il mio amico venne da me.

Lo vidi molto preoccupato, teso, e lo pregai di dirmi cosa stesse succedendo; mi confidò che stava lavorando al progetto di una nuova arma che avrebbe potuto cambiare completamente il modo di combattere, un'arma con delle potenzialità elevatissime di potenza, precisione e rapidità.

Mi complimentai con lui, ma scosse la testa, poi mi fece un discorso che ora ti ripeterò quasi parola per parola, perché, anche se sono passati ventisei anni, non l'ho mai dimenticato. Mi disse:

"Senti Fred, ascoltami bene, alcuni giorni fa sono stato contattato da un agente straniero che mi ha offerto una somma elevatissima per passargli il progetto di quest'arma. Naturalmente io ho rifiutato nel modo più assoluto, tu sai che preferirei morire piuttosto che tradire il mio Paese.

E' tornato alla carica varie volte; alla fine, vedendo che la mia risposta era sempre negativa, come mi aspettavo mi ha minacciato di morte.

Mi ha detto che se entro quarantotto ore non gli consegno il progetto, mi ucciderà, perché a quel punto io per lui sarei solo un intralcio e, avendolo visto in faccia, anche un pericolo, e poi si impadronirà comunque di quello che gli interessa, usando altre vie.

Non ho paura di morire, lo sai, però temo per Emy e per...James".

Sì, penso che tu oramai abbia capito che il mio amico era tuo padre Greg, però ti prego, ascolta senza interrompermi fino alla fine.

Dunque, Greg continuò:

"Se riusciranno a uccidermi, ti chiedo di proteggerli sempre, di non lasciarli mai soli.

James lo manderò domani sera da sua zia, la sorella di Emy; lo accompagnerà una persona fidata, un nostro agente col quale abbiamo lavorato spesso, Bob Jansen. Tu lo conosci bene e sai che non permetterà che gli succeda niente di male, a costo della sua stessa vita.

Avrei voluto che partisse con loro anche Emy, ma non vuol saperne di lasciarmi qui da solo.

Se, e non oso nemmeno pensarlo, succedesse qualcosa anche a lei, ti affido mio figlio.

Non ho altri che te; tu sei e sei sempre stato il mio migliore amico, anzi un vero fratello per me, promettimi che ti occuperai di lui, che farai in modo che cresca onesto, leale e coraggioso.

Fanne un uomo, degno di questa parola.

Non ti chiedo di adottarlo, non sarebbe giusto toglierlo alla zia che lo ama come un figlio, ti chiedo, se te la senti, di controllarlo rimanendo dietro alle quinte, di seguirlo nella sua crescita, negli studi, nel lavoro che sceglierà.

Se, sapendo chi era suo padre, decidesse un giorno di seguire il mio esempio e di entrare anche lui nei Servizi, ti prego di fare in modo che sia trattato con la stessa severità e lo stesso rigore di tutti gli altri.

Devi essere inflessibile: solo così diventerà forte e imparerà ad affrontare i pericoli e le insidie che la vita gli presenterà".

Promisi; poi Greg mi consegnò un libretto di risparmio, dicendomi:

"Questi sono tutti i nostri risparmi; non sono una grossa somma, ma basteranno, spero, per farlo crescere e studiare fino alla laurea. Tutti i mesi manderai alla sorella di Emy la cifra necessaria per James; lei lo sa già, le ho spiegato tutto.

Quando si farà una famiglia, potrai dirgli che il suo Angelo Custode sei e sei sempre stato tu.

Anzi, voglio proprio che tu lo faccia, è giusto per lui e per te; consideralo il mio ultimo desiderio.

Un'altra cosa, Fred, sono sicuro che fra di noi c'è una talpa che mi ha venduto al nemico e che, dopo la mia morte, cercherà di fargli avere i progetti.

Non li troverà, perché ora li consegno a te - mi porse una grossa busta chiusa - è tutto qui, ho cancellato il file dal computer e ogni riferimento possibile; però ti chiedo, in nome della nostra amicizia, di scovarla e di punirla nel modo che riterrai più opportuno".

Mi diede anche il nome, logicamente di copertura, dell'agente straniero, la nazionalità e una descrizione precisa che ci avrebbe permesso di intrappolarlo.

Poi si alzò, mi abbracciò e uscì.

Il nostro Capo di allora, al quale raccontai tutto, mise subito in moto gli agenti disponibili con la speranza di catturare ed eliminare quell'uomo prima dello scadere del termine.

Mi illusi che ce l'avremmo fatta a salvare la vita di tuo padre…invece non lo vidi mai più; il mattino dopo la loro macchina saltò in aria e morirono tutti e due, Greg ed Emy.

Evidentemente la talpa aveva avvertito l'agente straniero che lo stavamo cercando e lui aveva deciso di anticipare il suo delitto e poi scomparire per sempre.

Avevo perso per la seconda volta un fratello.

Sprofondai nuovamente nella disperazione; pensai e ripensai mille volte a tutta la faccenda e mi posi molte domande.

Mi chiesi perché Greg non avesse ucciso lui l'agente prima che potesse nuocergli, poi capii che temeva che un eventuale complice potesse vendicarsi su di te o su tua madre.

E come aveva potuto l'assassino minare la macchina senza essere notato?

Questa domanda, a cui non trovavo una risposta, mi tormentò a lungo, finché un paio di giorni dopo Mills, a quei tempi detective della Omicidi, mi mandò un suo poliziotto con delle importanti notizie; costui, che con un paio di colleghi perlustrava la strada dove abitavate voi, mi disse che la sera prima della tragedia aveva visto un tipo, per altro vestito elegantemente, che frugava sotto la macchina di tuo padre.

Gli si era avvicinato e gli aveva chiesto cosa stesse facendo; quello aveva risposto tranquillamente, con un accento straniero:

"Sto cercando di recuperare le chiavi della mia macchina" gliela aveva indicata "che mi sono cadute qui sotto".

Il poliziotto si era chinato a controllare e in effetti proprio sotto l'auto c'era un mazzo di chiavi; gli aveva comunque chiesto i documenti e l'uomo aveva esibito un passaporto diplomatico.

A questo punto non aveva potuto far altro che aiutarlo a prendere le sue chiavi e lasciarlo andare.

Me ne fece una descrizione che corrispondeva abbastanza a quella che mi aveva fornita tuo padre.

Si ricordava anche la targa della macchina, che risultò rubata quella stessa notte, e il nome sul documento.

Feci delle ricerche: quell'uomo non esisteva, nessuno all'ambasciata di quel Paese, una nazione araba, lo aveva mai sentito nominare.

Naturalmente il Paese era proprio quello a cui apparteneva l'agente che aveva ammazzato il mio amico Greg…ma che prove avevamo? Tu sai come è delicato il rapporto con i corpi diplomatici…dovetti rinunciare.

Questa rinuncia obbligata mi gettò in una disperazione ancora più grande: eravamo arrivati a un pelo dall'assassino e ce l'eravamo lasciati scappare.

Poi mi ripresi: c'eri tu; ora dovevo pensare a te come mi aveva chiesto tuo padre.

Luise, che ti amava come fosse stata tua madre, avrebbe voluto adottarti, e io anche, in realtà, ma Greg mi aveva proibito di farlo.

Da quel giorno ti abbiamo seguito passo dopo passo; tua zia ci ha sempre tenuti informati di tutto, abbiamo una montagna di tue foto, le fotocopie di tutte le tue pagelle, sappiamo tutto di te, abbiamo persino un quaderno con segnate le tue malattie.

Quando, otto anni dopo (ero diventato da poco il Capo del reparto operativo), ho visto sulla mia scrivania la tua domanda di entrare nei Servizi, ho provato una grande gioia e una grande preoccupazione: ce l'avrei fatta a essere severo e inflessibile con te, come mi aveva chiesto tuo padre?

Ho fatto il possibile, anche andando contro me stesso, e penso di esserci riuscito".

Sorrise, vedendo che assentivo.

Poi mi porse una busta:

"Questi sono i soldi che mi sono rimasti, vedrai che ci sono anche tutti i conti precisi delle spese per il tuo mantenimento, per i tuoi studi e anche per i tuoi divertimenti. Sono pochi, ma è giusto che li abbia tu.

Per tua consolazione, prima di finire il nostro colloquio, voglio che tu sappia che l'agente straniero lo abbiamo beccato pochi giorni dopo mentre stava per imbarcarsi su di un aereo che lo avrebbe riportato a casa; come si è reso conto che per lui era finita, ha tirato fuori una pistola e si è sparato.

Naturalmente la sua ambasciata ha continuato a negare che lavorasse per loro, però almeno lui ha avuto ciò che meritava.

Anche per quel che riguarda la talpa, penso che tu debba sapere che l'abbiamo trovata: era un tecnico che lavorava con tuo padre.

L'ho ammazzato con le mie mani, glielo dovevo al mio amico Greg".

Quando finì di parlare, io rimasi per un po' in silenzio, non sapevo cosa dire, non sapevo come dimostrargli la mia gratitudine.

Ora capivo la sua severità nei miei confronti, ma anche la sua comprensione, la dolcezza che a volte avevo percepito nella sua voce e che mi era parsa tanto strana.

Avrei voluto abbracciarlo, ma non potevo, era sempre il mio Capo.

Mi limitai a porgergli la mano e a dirgli:

"Grazie, Signore, per tutto quello che ha fatto per me, grazie per l'amicizia verso mio padre.

Non lo dimenticherò mai e non le sarò mai abbastanza riconoscente; ringrazi da parte mia anche sua moglie, le dica che sono sicuro che sarebbe stata un'ottima madre, proprio come mia zia".

Mi sorrise:

"Ora puoi andare, figliolo, fra quindici giorni ti rivoglio qui, puntuale, mi raccomando. Ricordati che quello che ti ho detto, non devi ripeterlo a nessuno, chiaro? Proprio a nessuno, nemmeno a Steve. E questo è un ordine".

"Obbedisco" risposi.

Uscii da lì frastornato, non sapevo se avevo voglia di ridere o di piangere.

Avevo avuto un secondo padre, che mi aveva visto crescere, si era occupato di me, aveva a volte sicuramente sofferto e gioito insieme a me, e non lo avevo mai nemmeno immaginato.

Non ero mai stato solo!

Aprii la busta che mi aveva dato: dentro c'era il libretto con i soldi che mio padre e mia madre avevano faticosamente messo da parte per me, privandosi certamente del superfluo, per assicurarmi la possibilità di crescere e di studiare.

La cifra rimasta non era gran cosa, ma mi avrebbe permesso di comprare, finalmente, un anello decente per Julie e anche qualche spesa extra in più.

Le avrei fatto questa bella sorpresa domani, la vigilia del matrimonio.

Quando arrivai a casa Julie mi disse che si sarebbe trasferita quella sera stessa insieme ai suoi; non era opportuno, secondo le loro tradizioni, che la sposa e lo sposo trascorressero le ultime notti prima delle nozze insieme, e poi io non dovevo assolutamente vedere il suo vestito prima che lei entrasse in Chiesa.

"Ciao amore" mi sussurrò uscendo con Maureen che era venuta a prenderla "ce la farai a stare due notti senza di me?".

"Resisterò" le risposi abbracciandola.

Lei rise e se ne andò.

III

Julie era uscita da poco, quando mi chiamò Steve.

"James, ho saputo da Maureen che sei rimasto solo, hai voglia di venire a bere qualcosa con me?".

"Ne sarei felice, mi passi a prendere tu?".

"Ok, preparati, fra dieci minuti sono lì".

Andammo in un Pub e ordinammo un paio di birre.

"James, come ci si sente con la corda al collo?" Mi chiese a un tratto.

"Come uno che sta per essere impiccato" risposi.

Steve si portò le mani alla gola, fece finta di strozzarsi, strabuzzò gli occhi e tossì:

"Non mi sembra una bella sensazione".

Scossi la testa.

"Ma no, dai, scherzo; ti assicuro che, per ora, è invece una sensazione piacevolissima, spero che lo rimanga per sempre.

In realtà, ti confesso che ho anche un po' di paura, ma penso che sia normale; in fondo la mia vita, almeno in parte, sta per cambiare, dovrò darmi una regolata in tante cose: niente più avventure con le donne, niente ubriacature, niente bisbocce con gli amici, niente cenere sparsa per la casa, niente vestiti gettati per terra...tante responsabilità in più...".

"Basta, James, mi stai facendo venire i brividi, quasi quasi ti arresto di nuovo, ti porto in prigione, e faccio in modo che tu ci resti per i prossimi vent'anni, qualcosa mi inventerò; questa volta prendilo come un piacere personale".

Scoppiai in una risata.

"No, Steve, ti ringrazio per il pensiero, ma non credo proprio che sia il caso.

Ti ho detto solo il lato negativo e ho esagerato apposta per scherzare, ma ora pensa al bello per me di avere una donna tutta mia, di tornare a casa e trovarla lì che mi aspetta, che mi butta le braccia al collo felice di vedermi, che mi prepara da mangiare cibo vero, non pizze congelate e birra, che mi fa trovare i vestiti lavati, stirati, in ordine...”

Mi interruppe:

“Ma sei certo di volere una moglie, e non una cameriera?”.

“Dai, non vedi che lo dico apposta per stimolare la tua reazione e riderci su? No, Steve, a parte gli scherzi, Julie è proprio la moglie che voglio, la moglie da amare, da stringere fra le mie braccia, ed è la moglie che mi amerà, che mi capirà, che mi darà dei figli, che mi consolerà quando sarò triste, che riderà con me quando sarò allegro, che mi sarà compagna, amica, amante, complice, che sarà tutto per me e io tutto per lei.

Per ora forse non riesci a capirmi, ma, probabilmente, molto presto ci riuscirai. A proposito, Maureen?”.

Sorrise rispondendomi:

“Maureen è diversa da tutte le altre donne che ho conosciuto fino a ora. E' dolce, tenera, quasi ingenua come una bambina, ma è anche intelligente, forte, mi fa sentire importante”.

“Non è che ti stai innamorando?”.

“Non lo so, James, è troppo presto per dirlo, ma ti prometto che se dovesse succedere, sarai il primo a saperlo, non per niente sei il mio migliore amico”.

“Ci conto e lo spero con tutto il cuore. Senti, proprio perché anche tu sei il mio migliore amico, ho bisogno del tuo aiuto. Ho deciso di fare una sorpresa a Julie, di comprarle un anello, il mio regalo di nozze.

Tu che te ne intendi, puoi aiutarmi a sceglierlo, per favore?”.

“Come a Filadelfia?”.

“Sì, proprio come a Filadelfia, ma questa volta posso spendere qualcosa di più. Mi dai una mano?”.

"D'accordo, domani mattina ti porto da un mio vecchio amico gioielliere, vedrai che ti tratterà bene. Quanto vorresti spendere? Così per avere un'idea".
"Pensi che 1500 dollari potrebbero bastare?".
Fischiò:
"Hai vinto alla lotteria?".
"No, ho ricevuto dei soldi che i miei genitori avevano depositato su di un libretto per me, prima di morire. La maggior parte è stata utilizzata per farmi crescere e studiare, ma mi è rimasto ancora qualcosa, e questi li voglio spendere per Julie, per farle una sorpresa".
"Bravo, ragazzo! Ne sarà felice".
Mi riaccompagnò a casa.
"Domani mattina alle dieci fatti trovare pronto, che passo a prenderti".
Mi sembrò strano entrare in casa e non trovare Julie, come mi sembrò triste il mio letto vuoto, ma mi dissi che da dopodomani non sarei mai più rimasto solo, mai più per tutta la vita.

Il mattino dopo, prima che arrivasse Steve, feci una corsa dal fioraio all'angolo e mandai un bel mazzo di fiori a Luise, la moglie del mio Capo.
Le scrissi un biglietto:
"Grazie di quello che lei ha fatto per me. Suo marito mi ha raccontato tutto; spero, in questi quasi ventisei anni, di non averla fatta soffrire troppo con le mie intemperanze e spero di averle dato anche qualche, seppur piccola, soddisfazione. Non so esprimerle quello che provo, posso solo ringraziarla e abbracciarla - James".
Mi sembrò molto banale, ma ci sarebbe voluto Steve per scrivere delle belle frasi e questa volta non potevo proprio chiederglielo.
Il resto della mattinata passò nella scelta dell'anello.

Dopo averne visti una quantità incredibile, dopo mille contrattazioni - Steve era ed è abilissimo nel tirare sul prezzo - finii per scegliere un rubino circondato da piccoli brillanti.

Steve approvò soddisfatto la mia scelta.

Era arrivata l'ora di pranzo; decidemmo di mangiare in un ristorante per festeggiare il mio ultimo giorno da scapolo: chissà quando, io e lui, avremmo potuto di nuovo passare una giornata insieme, a parte le prossime missioni?

Questo pensiero mi diede un pizzico di malinconia, ma lo scacciai rapidamente: nessuno, nemmeno Julie, avrebbe mai potuto separarmi da lui.

Nel pomeriggio preparai la sacca che mi sarebbe servita per partire l'indomani, poi controllai di non aver dimenticato nulla: la divisa lavata e stirata per la cerimonia, le fedi che dovevo dare a Steve e che poi lui avrebbe consegnato al Sacerdote, i documenti, veri questa volta, i soldi....sì, c'era tutto, non mancava niente.

Sentii aprire la porta di casa, andai a vedere; era Julie che mi volò fra le braccia.

“Ma non avevi detto che non potevamo incontrarci, prima del matrimonio?”.

“Certo, di notte, ma ora è pomeriggio. Sono passata a vedere se avevi bisogno di qualcosa”.

“Sì, di te”.

L'abbracciai e cercai di spingerla verso la camera da letto.

Si divincolò.

“No, James, non possiamo farlo; secondo la tradizione, dobbiamo aspettare fino a domani”.

Sospirai.

“Pazienza, aspetterò! Però, questo, te lo posso dare oggi?”.

Tirai fuori dalla tasca il pacchetto e glielo porsi.

“E' il mio regalo di nozze. Ti amo, Julie”.

Lo aprì, lo guardò, poi scoppiò a piangere.

Mi preoccupai:

“Cos'hai? Non ti piace?”.

"Ma James, possibile che tu continui a non capire che quando piango così è perché sono felice?
E' bellissimo, è l'anello più bello che abbia mai visto! Mettimelo, per favore".
Glielo infilai al dito.
"Posso almeno baciarti?".
"Sì, un bacio è permesso".
Ci baciammo, non una, ma almeno dieci volte, poi Julie guardò l'orologio.
"Devo scappare, è tardissimo, i miei mi aspettano per cena.
Stai buono, mi raccomando, questa sera e comportati bene. Ci vediamo domani in Chiesa, sii puntuale".
Scappò via di corsa.
Mi chiesi cosa voleva dire con quelle raccomandazioni: stai buono, comportati bene...Mah, doveva essere un'abitudine tutta femminile, incomprensibile per noi uomini.
Aprii il frigorifero cercando qualcosa da spiluccare; poveretto, più che piangere, sembrava singhiozzare disperatamente.
Pensai che avevo due possibilità: o digiunare, o fare un salto al bar difronte e comprarmi un toast.
Decisi di digiunare, intanto non avevo fame; mi versai un bicchiere di latte, mi accesi una sigaretta e mi piazzai davanti al televisore.
Era quasi mezzanotte, quando decisi di andarmene a dormire.
In quel momento suonò il citofono, andai a sentire: era Steve.
"James, scendi un attimo, per favore, ti devo parlare, sbrigati; mi sono dimenticato di dirti una cosa importantissima".
Aveva una voce concitata, strana, quasi affannosa.
Mi precipitai giù per le scale; cosa diavolo aveva dimenticato? Qualcosa per il matrimonio? Perché non mi aveva chiesto di salire lui da me?
Feci appena in tempo a uscire dal portone, che qualcuno mi infilò un cappuccio sulla testa, cercai di reagire, di togliermelo, ma mi immobilizzarono e mi ammanettarono; calcolai che dovessero essere almeno in quattro.

Poi mi spinsero a forza dentro a una macchina che aveva il motore acceso.

Tutto era successo molto rapidamente, senza darmi la possibilità di riflettere; ora mi trovavo sul sedile posteriore incastrato fra due uomini che mi impedivano anche il minimo movimento.

Davanti dovevano essercene altri due, forse tre.

La macchina partì immediatamente sgommando; cercai di restare calmo e di pensare.

Cosa stava accadendo? E Steve dov'era? Eppure era la sua la voce, ne ero sicuro. Cosa gli avevano fatto? Certamente lo avevano costretto citofonarmi, quindi era in pericolo anche lui. E adesso dove mi stavano portando?

Mi rivolsi ai miei rapitori:

"Chi siete? Cosa volete da me?".

Mi rispose uno di loro con la voce contraffatta:

"Taci e stai fermo, se vuoi sopravvivere fino a domani".

Sentii la canna fredda di una pistola sulla nuca.

Mi accorsi che stavo sudando: se non fossi riuscito a liberarmi, l'indomani mattina Julie mi avrebbe aspettato invano davanti all'altare.

"James, controllati" mi dissi "vedrai che te la caverai anche questa volta; aspetta di vedere chi sono e cosa vogliono".

Dopo circa una mezz'ora la macchina si fermò; mi trascinarono fuori di peso.

Sentii l'aria fresca della notte sulle braccia, che erano l'unica parte del corpo che avevo scoperta.

Mi costrinsero a camminare in mezzo a loro per circa dieci minuti, poi ci fermammo.

Ora avrei capito finalmente cosa stava succedendo e mi preparai a vendere cara la pelle.

Mi tolsero il cappuccio.

Rimasi di sasso vedendo intorno a me Steve, Brown, Sanders, Smith e Caster.

"Cazzo! Ma siete impazziti, ragazzi, cosa vi prende?".

Mi tolsero anche le manette; mentre mi massaggiavo i polsi intorpiditi - me l'avevano messe belle strette - Steve si decise a parlare:

"Dimentichi che questa notte è il tuo addio al celibato? Ti abbiamo preparato una sorpresa e abbiamo deciso di movimentarla un po' fingendo di rapirti. Ci sei proprio cascato come un tonno!".

"Sì, ci sono cascato, mi avete fatto prendere una bella strizza, temevo di dover abbandonare la sposa sull'altare il giorno del matrimonio.

Ora che siamo qui, che intenzioni avete? A proposito, dove siamo?".

"Vieni e vedrai".

Camminammo ancora qualche minuto, poi, arrivati davanti a un locale notturno, le cui insegne promettevano uno spettacolo di spogliarello mozzafiato, trovammo ad attenderci anche O'Henry, Carter, Francis e Stivens; avevano voluto partecipare tutti a questa festa.

Capii le raccomandazioni di Julie, evidentemente lei sapeva.

"Steve, lo hai detto tu a Julie?".

"Certo, le ho chiesto il permesso, non volevo mica provocare delle liti in famiglia. Andiamo, su, altrimenti facciamo tardi".

Entrammo; un cameriere ci venne incontro e ci condusse al tavolo "migliore", di prima fila, che certamente Steve aveva già prenotato.

Il locale era semibuio, al centro c'era una specie di palcoscenico illuminato da una luce soffusa.

Ci venne servito dello champagne, poi, all'improvviso, sentimmo una musica dai toni sensuali e vedemmo comparire una splendida ragazza, dal corpo statuario.

In realtà lo spogliarello fu molto sexy, non proprio mozzafiato, ma quasi.

Devo ammettere che uscimmo da lì tutti molto eccitati e che ognuno di noi avrebbe voluto avere una donna nel suo letto per quella notte.

Io, sicuramente, sarei stato solo!

Mi riaccompagnarono a casa; al momento dei saluti, Steve mi disse:

"Domani alle dieci e mezzo sono da te. Vedi di essere pronto, perché ti ricordo che alle undici e un quarto ti sposi. Cerca, se puoi, di dormire qualche ora".

Mi strizzò un occhio e se ne andò.

Guardai l'orologio: erano passate le tre.

Dormii veramente poco; fra l'eccitazione dello spettacolo, il desiderio di avere Julie vicino a me, l'emozione per il matrimonio, riuscii ad addormentarmi che già albeggiava.

Quando alle nove suonò la sveglia, mi alzai che ero praticamente in trance.

Mi ci volle una bella doccia fredda e quasi un bricco di caffè per potermi svegliare del tutto.

IV

Era il gran giorno, e io ero ubriaco di gioia e di paura!

Mi ritrovai davanti all'altare, con Steve alla mia destra, quasi senza rendermene conto.

Sentii il campanile suonare le undici: ancora un quarto d'ora e Julie sarebbe arrivata; anche Steve ebbe il mio stesso pensiero, perché mi disse:

"Dai, James, coraggio, ci siamo quasi".

A un tratto sentii un gran vociare e con mia grande sorpresa vidi che la Chiesa si stava riempiendo.

Arrivarono prima di tutti Fred e Luise, poi la mia "squadra" al completo: Brown, Sanders, Smith, Caster, O'Henry, Carter, Francis, Stivens e persino Burtler. Questa volta, finalmente, riuscii a non pensare a loro come al mio plotone di esecuzione.

Arrivarono anche i miei ventidue allievi del Corso di addestramento e tutti gli istruttori.

Chi di loro aveva una moglie o una fidanzata se l'era portata dietro; qualche rappresentante del sesso femminile ci voleva per forza.

Luise mi venne vicino e mi prese da parte:

"Grazie per i magnifici fiori, James, li ho graditi molto, ma soprattutto ho gradito le tue parole. Sono tanto felice per te, come lo sarebbe Emy, se oggi fosse qui. Ti voglio bene, avrei voluto che tu diventassi mio figlio, purtroppo non è stato possibile; ricordati, però, che nel mio cuore lo sei comunque".

Mi abbracciò, le restituii l'abbraccio con trasporto, con lei potevo farlo, non era mica il mio Capo.

Notai che Steve ci guardava perplesso, ma non mi fece domande.

Improvvisamente vidi entrare Susan e Maureen, era il segnale che anche Julie stava per arrivare.

Si fece silenzio, le dolci note della marcia nuziale di Mendelsshon riempirono la Chiesa e io mi sentii un groppo alla gola; per un istante, come in un sogno, mi sembrò di veder avanzare Raquel, raggiante, al braccio di Pedro.

Ho sempre pensato che Steve abbia il dono di leggermi nel pensiero, perché si chinò verso di me e mi sussurrò:

"Rientra in te, James, non è Raquel che sta per entrare, è la tua fidanzata, è Julie".

Mi scossi e la vidi: sorridente, al braccio di Benjamin, avanzava lentamente verso l'altare e sembrava avvolta in una nuvola bianca.

Mi parve ancora più bella del solito; il cuore mi balzò in petto, mi sentii invadere da un'emozione che, per un attimo, mi tolse il fiato.

Non mi ricordo praticamente niente della cerimonia, solo il sorriso di Julie, la musica, lo scambio degli anelli, il bacio che finalmente potei darle prima di uscire dalla Chiesa.

Appena la pioggia di riso cessò, mi accorsi che sul sagrato, evidentemente durante la Messa, erano stati portati tavoli, sedie, fiori.

Molti camerieri incominciarono a girare con cocktails, vini, stuzzichini, cibi vari.

C'era persino un'orchestrina che suonava in sottofondo.

Mi avvicinai a Steve, gli sussurrai:

"Pensi che mi basteranno i prossimi cinque anni di stipendio per pagare tutto questo?".

"Tranquillo, James" mi rispose "non ti costerà un dollaro; in Europa si usa che i genitori della sposa offrano il rinfresco agli ospiti. Ci tenevano tanto e Julie voleva farti anche lei una sorpresa".

Fu una festa bellissima, ma mai come Julie che era addirittura radiosa.

A un certo punto notai che Sanders e Smith erano circondati dalle reclute: loro parlavano e le reclute ascoltavano con grande interesse; ogni tanto qualcuno faceva delle domande.

Dalle espressioni che avevano tutti, ero certo che stessero raccontando la terribile esperienza che avevano vissuto a Filadelfia e, dallo sguardo delle reclute, capii che stavano scendendo nei minimi particolari delle atroci torture a cui erano stati sottoposti.

Ne fui contento, perché, se quel racconto l'avessi fatto io, nel corso di una mia lezione, i ragazzi avrebbero pensato che stessi esagerando per vantarmi delle mie capacità di istruttore.

Ascoltato invece dalla viva voce dei protagonisti, non solo era più emozionante, ma era anche la conferma che un addestramento adeguato li avrebbe aiutati a salvare la pelle.

La festa durò fino a tarda sera; oramai avremmo passato la notte a casa e saremmo partiti per il viaggio di nozze l'indomani.

Quando finalmente, salutati tutti, riuscimmo a scappare via, non mi dispiacque per niente l'idea di trascorrere la prima notte di nozze nel nostro letto, anzi, decisi che avrei preso mia moglie fra le braccia per farle attraversare la soglia di casa e l'avrei depositata direttamente sulle lenzuola, così com'era, ancora avvolta dalla nuvola bianca nella quale era immersa.

Avrei pensato io a liberarla, a poco a poco, da tutti quegli strati di velo, raso, pizzo...

Trovai la cosa molto eccitante e anche lei, sicuramente, provò le mie stesse emozioni, a giudicare da come poi le cose si svolsero.

Fu una notte senza sonno, solo quando la luce incominciò a filtrare dalle tapparelle, crollammo sfiniti e ci addormentammo.

Riuscimmo a partire soltanto nel pomeriggio avanzato.

Anche del viaggio di nozze ricordo poco: lo spettacolo stupefacente delle Cascate, il rumore assordante dell'acqua, le tappezzerie delle camere degli alberghi dove facevamo finta di dormire...

Rientrammo un paio di giorni prima della ripresa del Corso.

Nel pomeriggio dello stesso giorno in cui arrivammo, posati i bagagli, Julie mi avvisò che doveva assolutamente fare un salto in "ufficio" - oramai lei chiamava così la grande casa che aveva ereditato da Magda - per prendere delle carte che le servivano.

Quando rientrò era eccitatissima.

"James," mi chiese "ti ricordi della prima volta che abbiamo fatto l'amore?".

"Certo, pensi che potrei dimenticarlo? E' stato quando ti ho portata qui, a casa mia, perché non volevi rimanere da sola dove era morta Magda".

"Esatto; ti ricordi che Steve arrivò all'improvviso e mi vide uscire dal bagno col tuo accappatoio addosso?".

"Sì, ma cosa significa?".

"Beh, oggi le cose si sono ribaltate. Appena sono entrata in casa, ho visto Steve che usciva dal bagno con attorno ai fianchi un minuscolo asciugamano e basta...".

La interruppi:

"Conoscendo le sue abitudini, mi meraviglio che non fosse completamente nudo".

Mi guardò con un sorriso malizioso:

"Anche se lo fosse stato, non mi sarei mica scandalizzata; sono maggiorenne, vaccinata e anche sposata".

Fece una piccola pausa, approfittò per darmi un bacio e riprese:

"Va bene, dai, è vero, era completamente nudo, ma non è questo che conta, fammi continuare.

Dunque, mi ha salutata imbarazzatissimo e si è infilato di corsa in quella che è diventata la camera di Maureen.

Dopo un minuto ne è uscita lei, coperta, più o meno, solo da una vestaglietta. Mi ha gettato le braccia al collo e mi ha detto:

"Perdonami se abbiamo approfittato della tua casa, ma visto che papà e mamma sono tornati a Baltimora e io sono rimasta qui da sola, ho invitato Steve a farmi un po' di compagnia.

Julie, credo proprio di essere innamorata, però promettimi che per adesso non dirai niente ai nostri genitori".

Naturalmente ho promesso…ma ci pensi, James: Steve e Maureen insieme, come avevamo sperato…sono tanto contenta per loro, auguriamoci che sia la cosa giusta, che possano essere felici come noi".

Mi si gettò nelle braccia.

Mentre la baciavo, pensai che forse anche Steve aveva finalmente trovato la donna da amare.

Il mattino della ripresa dei Corsi, Steve mi chiamò alle sette meno un quarto:

"James, mi ha telefonato Fred, vuole che lo raggiungiamo subito, sembra che ci sia un problema. Ci vediamo là".

"D'accordo" risposi "mi vesto e arrivo".

Mentre facevo la doccia, pensai:

"Ecco che incomincia una nuova partita".

Quando entrai nell'ufficio del Capo, Steve era già lì.

"Siediti James. Ora che ci siete tutti e due, ascoltate con attenzione. Richardson è sparito!".

Richardson era l'istruttore di Arti Marziali che io stavo sostituendo.

Fred continuò:

"Poiché, da quando era partito improvvisamente, per gravi motivi familiari, non si era più fatto vivo, ieri sera l'ho chiamato per avere sue notizie e per sapere se stamani avrebbe ripreso regolarmente l'insegnamento.

Non mi ha risposto; ho provato sul cellulare, ma anche lì niente.

Ho telefonato alla sua famiglia a Boston, ho parlato con suo fratello; mi ha confermato che era rimasto a casa loro fino a cinque giorni fa, poi, visto che il problema - un improvviso malore della madre - si era fortunatamente risolto nel modo migliore, era rientrato per riprendere gli impegni di lavoro. Dopo di che non l'aveva più sentito.

Ho pensato che avesse fatto una scappatella, e che si fosse preso qualche giorno ancora di vacanza, così mi sono riproposto di richiamarlo questa mattina presto; l'ho fatto, ma non ho ricevuto risposta.

Se alle otto meno un quarto non sarà qui, tu, James, lo sostituirai, senza dare nessuna spiegazione ai ragazzi, se non un piccolo contrattempo capitato al loro istruttore; però poi voi due insieme dovrete cercarlo, trovarlo, sperando che sia vivo, e scoprire cos'è successo. Ora andate".

Aspettammo fino alle otto meno venti, poi, dato che non arrivava, decisi di prepararmi per la lezione.

Mentre ci dirigevamo verso gli spogliatoi, Steve mi chiese:

"Cosa ne pensi James? Richardson ti sembra il tipo da sparire così per un'avventura amorosa?".

"No, decisamente no" risposi scuotendo la testa "troppo serio, troppo ligio al dovere; in ogni caso avrebbe telefonato per avvisare del ritardo. Temo proprio che avremo una brutta sorpresa".

"E' quello che temo anch'io, purtroppo. Senti, dato che fino alle dieci e un quarto la mia lezione non incomincia, e visto che tu devi sostituire Richardson da adesso alle dieci, ti dispiace se vengo con te? Magari posso esserti di aiuto".

Annuii:

"Ottima idea, Steve, daremo ai ragazzi la dimostrazione di un combattimento ad alto livello, come ai vecchi tempi, poi ce li divideremo e vedremo se avranno imparato qualcosa".

Alle otto meno un quarto eravamo pronti in palestra per iniziare; spiegai brevemente, come mi aveva detto il Capo, che l'istruttore aveva avuto un contrattempo, e che lo avremmo sostituito ancora noi per qualche giorno.

Poi incominciammo la lezione.

Era tanto tempo che Steve e io non combattevamo uno contro l'altro in un incontro di Judo e devo riconoscere che non fu facile batterlo.

Fingemmo un attacco: Steve mi avrebbe assalito alla schiena, all'improvviso, armato di un coltello, e io avrei dovuto disarmarlo e atterrarlo; ci riuscii, dopo una lunga e faticosa lotta, solo perché ero più allenato di lui.

I ragazzi ci seguirono con molta attenzione e, a un certo punto, anche con grande entusiasmo.

Alla fine non poterono trattenersi dall'applaudire.

Cercammo di insegnare a ciascuno le mosse che avevamo utilizzato, naturalmente senza usare, per il momento, il coltello; i più portati dimostrarono di aver appreso bene la lezione, gli altri faticarono un po' di più, ma nell'insieme i risultati furono soddisfacenti.

Nel frattempo, finito il nostro combattimento, una guardia ci aveva consegnato un biglietto di Fred:

"Nessuna notizia. Alle dodici e trenta, dopo la lezione di Steve, raggiungetemi nel mio ufficio".

Alle dodici e trentacinque eravamo da lui.

"Ragazzi, a questo punto è evidente che Richardson si trova in un brutto guaio, perché, se ne avesse avuto la possibilità, mi avrebbe sicuramente avvertito della sua assenza. E' troppo preciso e attento ai suoi doveri per sparire così senza fare nemmeno una telefonata".

Convenimmo con lui che non si sarebbe mai comportato in questo modo.

"Quindi" continuò "è compito vostro, adesso, capire cosa gli è successo. Purtroppo non posso esentarvi dall'insegnamento, perché proprio non saprei come sostituirvi; gli agenti in grado di farlo, in questo momento, sono tutti sparsi per il mondo in varie missioni.

Ho organizzato una piccola variazione nell'orario delle lezioni, in modo che abbiate i pomeriggi liberi per dedicarvi alla sua ricerca, logicamente fino a quando non l'avrete trovato...speriamo vivo.

Sarà un po' pesante per voi, perché avrete tutta la giornata impegnata, e, temo, anche una parte della notte, ma è un'emergenza, e non si può fare altrimenti".

Poi si rivolse a me:

"Hai già un'idea?".

"Per prima cosa" risposi "oggi andremo a casa sua e la perquisiremo a fondo. Può essere che troviamo qualche indizio che ci permetta di seguire una pista; poi vedremo il da farsi momento per momento".

"D'accordo. Questo è il nuovo orario" ci porse un foglio "naturalmente ho già mandato un paio di guardie ad avvisare le reclute: anche loro dovranno fare qualche sacrificio.

Ora andate; quando avrete delle notizie, chiamatemi, a qualunque ora del giorno o della notte. Buona fortuna".

Appena usciti leggemmo il foglio: dal giorno dopo, io avrei iniziato alle otto meno un quarto con la lezione di Arti Marziali, fino alle dieci meno un quarto; avrebbe proseguito Steve con la Tecnica di guerriglia dalle dieci a mezzogiorno, poi avrei ripreso io alle dodici e un quarto con la Resistenza al dolore, fino alle quattordici e un quarto.

Dopo di che avremmo iniziato la ricerca di Richardson.

Un po' pesante, come orario, che non prevedeva nemmeno la pausa pranzo.

Poco male, avremmo mangiato un panino per strada, da qualche parte; l'importante era trovarlo alla svelta, sperando che non fosse già troppo tardi.

Per il momento mi recai in palestra per tenere la mia lezione.

Quando dissi ai ragazzi che quel giorno, straordinariamente, avremmo lavorato solo un'ora e mezza, mi sembrarono tutti molto contenti.

Feci finta di non accorgermene; Steve si fermò con me e mi diede una mano.

Fu molto duro e rischiò, con il suo comportamento, di portarmi via il primato di "istruttore carogna".

Terminata la lezione, mi recai con lui al nostro Archivio e mi feci consegnare una copia dello stato di servizio di Richardson.

Andammo in un bar a mangiare un panino e, intanto, leggemmo le sue note caratteristiche, davvero eccellenti:

"Ken Richardson, anni quarantatre, laureato in Economia, entrato nei Servizi a ventitre anni.

Cintura nera 5° Dan di Ju-Jitsu, cintura nera 5° Dan di Judo, cintura nera 6° Dan di Karate, cintura nera 6° Dan di Taekwondo.

Divorziato da poco più di due anni, senza figli, ora single.

Ottimo elemento, forte, coraggioso, leale.

Mai una nota di biasimo, mai un provvedimento disciplinare. Numerosi encomi solenni.

Al suo attivo una cinquantina di missioni tutte con esito positivo."

Controllammo le ultime: sequestro di un grosso carico di droga a New York, eliminazione del boss e arresto dei complici; liberazione di tre ostaggi americani nelle Filippine, con eliminazione di una decina di ribelli; arresto di alcuni componenti di una "famiglia" mafiosa cinese, gli Houang, eliminazione di altri membri fra cui uno dei figli, il maggiore, del boss.

La sua scomparsa avrebbe potuto essere legata a una di queste tre ultime operazioni.

Ci recammo, come avevamo detto a Fred, a perquisire la sua casa.

Aprire la serratura fu molto semplice; una volta entrati, notammo subito segni evidenti di lotta: sedie rovesciate, soprammobili rotti, un gran disordine ovunque, ma di lui nessuna traccia.

Chiamammo immediatamente la nostra Scientifica; dopo un accurato esame, rilevarono delle impronte diverse di scarpe da ginnastica, appartenenti ad almeno cinque persone, di cui nessuna corrispondeva al numero di scarpa di Richardson.

Riferibili a lui, trovarono invece delle impronte di piedi nudi un po' ovunque per la casa; in una zona precisa, cioè nella sala dove più evidenti erano i segni di una lotta, tutte le impronte si accavallavano improvvisamente le une sulle altre.

Qui c'erano anche tracce di sangue che apparteneva al nostro compagno.

Per le impronte digitali, invece, reperirono solo le sue.

La dinamica dei fatti, a questo punto, ci sembrò piuttosto chiara: sapendo che era un ottimo ed esperto lottatore, qualcuno aveva organizzato un'incursione di almeno cinque uomini.

Dovevano essere entrati semplicemente dalla porta usando un passe-partout; probabilmente Ken stava dormendo, o stava per andare a letto, quando doveva aver sentito un rumore.

A piedi scalzi, come si trovava, era andato a vedere ed era stato assalito; si era difeso egregiamente, a giudicare dallo sfacelo che avevamo trovato, poi però gli erano saltati addosso tutti insieme ed erano riusciti a sopraffarlo, l'avevano immobilizzato e se l'erano portato via.

Dove? Chi erano? Perché non l'avevano ammazzato subito?

Soprattutto questo ci preoccupava: se volevano farlo fuori, perché non farlo lì, senza perdere altro tempo? Perché trasportarlo da qualche altra parte e rimandare l'uccisione?

La risposta era, purtroppo, una sola: volevano che prima di morire soffrisse e quindi l'avevano portato in un luogo più adatto, dove tenevano gli strumenti necessari e dove nessuno avrebbe potuto sentirlo o vederlo.

Quando l'avevano preso?

Controllammo i resti dei cibi, rovistammo nella spazzatura; c'erano degli avanzi di carne e di insalata, oramai marci che dovevano essere lì da almeno tre o quattro giorni.

Se era passato tutto quel tempo, bisognava trovarlo alla svelta, sperando che non fosse già morto.

V

Oramai era già sera inoltrata; telefonai a Julie per avvisarla che non sarei tornato per cena. Le dissi di andare pure a dormire, perché proprio non sapevo quando avrei potuto rincasare.

Vidi che anche Steve stava facendo una telefonata dello stesso tenore della mia; capii che chiamava Maureen.

Adesso avevamo la certezza che Richardson era stato rapito da qualcuno che voleva vendicarsi in maniera molto probabilmente atroce.

Ma da chi?

Decidemmo di partire dalla cosa che ci sembrava più logica: chi più di un padre può voler vendicare la morte di un figlio?

Avevamo però bisogno di un paio di uomini fidati e che fossero in grado di aiutarci nel lavoro ingrato che avremmo dovuto fare.

Telefonai a Fred, mi rispose subito.

"Signore" gli dissi "Ken è stato rapito sicuramente per vendetta; se esiste una anche minima possibilità di trovarlo ancora in vita, dobbiamo agire immediatamente.

Purtroppo non abbiamo certezze, quindi siamo costretti a procedere per istinto, e il nostro istinto ci porta a credere che il boss cinese, al quale lui ha ammazzato il figlio durante la sua ultima operazione, sia la persona che ha ordinato di prelevarlo e di fargli soffrire le pene dell'inferno prima di eliminarlo".

Dall'altra parte del telefono sentii una specie di grugnito di assenso; continuai:

"Faremo come lui, prenderemo qualcuno dei suoi, qualcuno che può sapere dove l'hanno portato, e lo interrogheremo a modo nostro, finché non parlerà. Per questo, però, abbiamo bisogno di due uomini che abbiano già lavorato con noi e che conoscano i nostri metodi… ”

Mi interruppe:

“James, se ti riferisci a Brown, Sanders e agli altri ragazzi, purtroppo ti devo dire che sono tutti in missione all'estero. Anche quasi tutti i nostri agenti sono in giro per il mondo, ti avevo già avvisato.

In questo momento non saprei proprio chi darti”.

La buttai lì:

“Capo, lo so che non è regolamentare, però io pensavo a Miller e a Lee”.

“Sei pazzo, James? Non ti posso mandare due reclute, toglitelo dalla testa, è fuori questione. Se dovesse succedere loro qualcosa, le nostre teste cadrebbero miseramente.

No, non me lo chiedere, non posso proprio farlo”.

“Senta, Signore, a San Diego Miller e Lee hanno partecipato con noi all'interrogatorio di alcuni trafficanti a cui siamo riusciti a strappare le informazioni che ci hanno permesso di sequestrare la droga, poi erano con noi quando abbiamo fatto l'incursione che ha portato alla morte dei fratelli Garcia.

Anzi, proprio l'intervento di Miller, che ha freddato Elena, l'amante di Gabriel Garcia, ha impedito che anche uno di noi ci lasciasse la pelle.

Non dimentichi che, sono sì due nostre reclute, ma sono anche due poliziotti di esperienza.

Le chiedo il permesso di portarli con noi; se qualcosa dovesse andare storto, le prometto che mi prenderò tutta la responsabilità: dichiarerò che li ho convocati io, senza interpellare prima lei”.

“James, pensi proprio che potrei lasciarti pagare anche per me? Va bene, te lo concedo, ma nel caso dovesse succedere qualcosa, pagheremo tutti e due.

Li convoco immediatamente, naturalmente non posso ordinarglielo, posso solo proporglielo. Ti richiamo”.

Come suo solito non mi diede nemmeno il tempo di ringraziarlo.

Dopo circa venti minuti mi chiamò:

"Sono d'accordo. Dimmi dove siete, te li mando subito".

Gli diedi l'indirizzo di Richardson e gli raccomandai di consegnare loro anche quattro tute mimetiche, quattro passamontagna soliti, quattro giubbotti antiproiettile anonimi e delle armi appropriate.

Dopo un quarto d'ora arrivarono in moto; entrammo in casa e ci cambiammo.

Ora dovevamo andare nel quartiere cinese e prelevare l'altro figlio del boss.

Fortunatamente avevamo indagato molto sulla mafia cinese, conoscevamo bene la famiglia Houang e sapevamo esattamente dove abitava Shi Houang, il figlio minore, l'unico che non avevano potuto arrestare perché all'epoca si trovava in Europa per studiare ed era risultato completamente estraneo ai fatti.

Certamente ora lui sapeva cosa stava succedendo e, probabilmente, aveva anche fatto parte del "commando" che aveva rapito Ken.

Mi venne un'idea: ci saremmo finti dei trafficanti sudamericani alla ricerca di Richardson, per vendicarci di una grossa perdita che avevamo subito a causa sua.

Non avremmo nemmeno avuto problemi di lingua, dal momento che tutti e quattro parlavamo correntemente lo spagnolo.

Miller e Lee sembrarono divertirsi molto di questa copertura.

Una volta pronti, salimmo in macchina - la moto l'avremmo recuperata al nostro ritorno - e ci dirigemmo verso il quartiere cinese.

Parcheggiammo in un vicolo deserto che si trovava proprio dietro la casa di Shi e ci appostammo in un punto dal quale potevamo vedere agevolmente le sue finestre e anche il portone.

Non doveva essere in casa, dal momento che non c'era nessuna luce accesa; aspettammo pazientemente.

Dopo circa un'ora vedemmo Shi rientrare; trascorsero pochi minuti e le luci si accesero.

Scesi dalla macchina, entrammo rapidamente nel portone, salimmo le scale di corsa, e, spalancata la porta con un calcio, ce lo trovammo di fronte, spaventatissimo e disarmato.

"Chi siete? Cosa volete?" Balbettò, retrocedendo e appiattendosi contro il muro.

"Sta zitto e fermo" gli risposi "lo saprai molto presto".

Dopo averlo facilmente immobilizzato, gli calammo un cappuccio sulla testa - ne abbiamo sempre con noi - gli legammo le mani con una fascetta e, puntandogli una pistola alla nuca, gli ordinammo, in un inglese con forte accento sudamericano, di continuare a tacere e di non opporre resistenza.

Lo trascinammo giù e lo spingemmo dentro alla macchina, sul sedile posteriore, stretto fra me e Steve; davanti si sedettero Miller alla guida, e Lee al suo fianco.

Durante il tragitto parlammo fra di noi sempre in spagnolo.

Lo portammo in un piccolo appartamento, situato in un condominio di proprietà dei Servizi, che usavamo abitualmente per questi lavoretti.

In periferia, isolato, accoglieva a volte agenti sotto copertura, che, in caso si fossero trovati in uno degli altri appartamenti, avrebbero fatto finta di non sentire eventuali grida o strani rumori.

La mobilia era molto scarsa: nella stanza principale c'erano un tavolo e quattro sedie, un divano di cinz a fiori (un tocco di civetteria!), un angolo cucina; la camera da letto ospitava un comò, un letto matrimoniale e un armadio.

Poi c'era il bagno, dove troneggiava una vasca che spesso si dimostrava molto utile ai fini di un "interrogatorio", e un ripostiglio che conteneva parecchi oggetti e strumenti che si usavano nel caso di un soggetto particolarmente restio a parlare, e che servivano per aiutarlo a rivelare ciò che gli veniva chiesto.

Lo legammo, come al solito, a una sedia che avevamo spostata al centro della stanza e, dopo avergli tolto il cappuccio, incominciammo a parlargli in spagnolo.

Evidentemente non conosceva la lingua, perché ci guardò perplesso; allora gli ripetemmo il discorso in inglese con un forte accento sudamericano, come avevamo già fatto quando l'avevamo catturato.

Parlai per primo io, con molta calma, quasi bonariamente:

"Allora, Shi, sappiamo che voi avete un prigioniero, un certo Richardson; quello che non sappiamo è perché ce l'abbiate tanto con lui, ma francamente non ci interessa per niente.

Qualunque cosa sia, ora questo Richardson lo vogliamo noi; abbiamo un conto in sospeso con lui: un grosso carico di droga che ci ha fatto sequestrare tempo fa. Il nostro Capo ci ha ordinato di portarglielo a tutti costi, e lo vuole vivo, perché ha intenzione di divertirsi un bel po' prima di farlo fuori.

Se tu sputi dov'è, dopo che lo avremo trovato, ti lasceremo andare senza torcerti un capello.

In caso contrario ti daremo una dimostrazione di come le vostre "torture cinesi" non siano che delicate carezze per signorine, in confronto alle nostre.

Cosa decidi? Parli o dobbiamo incominciare noi a rompere il ghiaccio, e magari anche qualche altra cosa?".

Scosse la testa.

"Non so niente" rispose "vi sbagliate, io non conosco nessun Richardson".

Sospirai:

"Pazienza, vediamo se con questo possiamo rinfrescarti la memoria".

Gli mollai un pugno sul naso.

Si incomincia sempre così: è il primo approccio; fa male ma non è devastante, e dà già un'idea della capacità, del soggetto da interrogare, di sopportare il dolore.

La sua reazione ci aiuta a capire il metodo che dobbiamo usare in seguito.

Le ossa scricchiolarono e un vigoroso getto di sangue gli imbrattò la bocca, il mento, il collo e la bianchissima camicia che indossava; urlò e poi inveì in cinese.

Subito Steve gli rispose nella stessa lingua.

Lo guardai stupito e gli sussurrai in spagnolo:

"Pensavo di sapere tutto di te, ma non mi avevi mai detto di parlare il cinese!".

"Forse perché non me lo avevi mai chiesto; come vedi, anch'io ho i miei segreti.

Da piccolo, avevo una tata di Pechino, che è rimasta in casa mia per alcuni anni. E' stata lei a insegnarmelo e qualche volta mi è servito".

Alzai la voce e, riprendendo a parlare in inglese con accento sudamericano, gli chiesi:

"Posso sapere cosa ha detto e cosa gli hai risposto?".

"Ha detto: "Bastardi, vi ucciderò tutti". Gli ho risposto che, data la situazione in cui si trova, è più probabile che saremo noi ad ammazzare lui".

"Bene, continuiamo. Allora Shi, hai qualcos'altro da dire, oltre a queste inutili e ridicole minacce?".

Tacque.

"D'accordo, vuoi farci vedere che sei un duro, ok, ne prendiamo atto.

Adesso i miei amici ti daranno un pugno a testa, perché, visto che sono qui, è giusto che anche loro partecipino al nostro simpatico colloquio, non ti pare?

Ci rimarrebbero male, altrimenti.

Sappi che, da ora in poi, tutto quello che ti faremo, verrà moltiplicato per quattro".

Mi voltai verso gli altri:

"A voi, ragazzi, e picchiate forte, intanto lui è un vero uomo, un vero duro".

Per primo lo colpì Steve a uno zigomo, sentimmo un crack, poi Miller all'altro zigomo, stesso suono. Lee si dedicò al mento e anche qui si sentì uno scricchiolio sinistro.

La faccia di Shi era oramai inguardabile.

Sputò sangue, poi mormorò di nuovo qualcosa in cinese.

Steve tradusse:

"Ha detto che suo padre ci darà la caccia finché non ci troverà e che quello che stiamo facendo a lui non è niente in confronto a quello che faranno loro a noi".

"Shi" gli dissi "nel nostro Paese tuo padre non ci troverà mai; invece tu adesso sei qui, con noi.

Chi te lo fa fare di tacere? Per che cosa? Dimmi dov'è Richardson e, dopo che lo avremo preso, ti lasceremo andare. Anche noi abbiamo, te lo ripeto, il diritto di vendicarci per il danno che ci ha causato; consegnacelo e tutto finirà, te lo prometto, immediatamente".

Mi guardò, ma non rispose.

Mi accesi una sigaretta e ne diedi una anche agli altri; fumammo in silenzio, mentre il ragazzo certamente si stava chiedendo cosa stavamo per fargli.

Non volli farlo aspettare troppo; quando ne ebbi fumato un po' più della metà, gli strappai la camicia e gli spensi la sigaretta sul torace.

Gridò, e continuò a gridare perché ordinai ai miei di ripetere il mio gesto, cosa che fecero subito, uno dopo l'altro.

"Tu fumi?" Gli chiesi.

Mi fece segno di no con la testa.

"Fai bene, hai appena avuto la dimostrazione che il fumo può fare molto, ma molto male".

Se gli occhi potessero veramente fulminare, io, in quell'istante, sarei diventato un mucchietto di cenere.

Fu Steve a parlare, questa volta, con un tono perfido:

"Ora gli abbiamo fatto provare il fuoco, aiutiamolo a spegnere il bruciore che lo sta torturando. E cos'è che lo spegne meglio dell'acqua?".

Capii qual era la sua idea, andai in bagno e riempii la vasca, poi ordinai di slegarlo dalla sedia e di portarmelo.

Non mi parve molto contento, infatti dovettero trascinarlo a forza, mentre si dibatteva inutilmente.

Lo feci inginocchiare davanti alla vasca e lo presi per i capelli; incominciò a urlare.

"Risparmia il fiato" gli dissi "perché ora ne avrai bisogno".

Gli spinsi la testa sotto l'acqua e gliela tenni giù fino a quando ritenni che si stesse avvicinando al limite di resistenza.

Lo lasciammo respirare per un attimo e poi anche gli altri, a turno, gli fecero lo stesso trattamento.

Lo riportammo semi svenuto nella sala e lo legammo nuovamente sulla sedia. Mi sembrò che fosse arrivato alla saturazione; non era poi così duro come credeva di essere.

Con un paio di schiaffi gli facemmo riprendere piena conoscenza.

"Shi, perché vuoi fare l'eroe? Richardson non è un tuo amico, ma è un nemico, sia per voi che per noi. E noi non smetteremo, continueremo così finché o parlerai o morirai.

Cosa t'importa dell'uomo che vogliamo? Sono sicuro che voi vi sarete già divertiti abbastanza con lui, come noi, ora, stiamo divertendoci con te.

Adesso consegnacelo, così che anche noi, te lo ripeto per la terza volta, possiamo prenderci la nostra vendetta; non costringerci a continuare, ragiona, non ti conviene".

Mi guardò e mi sputò addosso l'acqua che gli era rimasta in bocca.

Presi un manganello di gomma rigida e gli assestai un colpo sulle costole, non troppo forte però, perché non volevo rompergliele veramente, volevo solo che lui lo pensasse; vomitò per la paura.

Porsi il manganello a Steve:

"Ora il mio compagno ti colpirà di nuovo e poi anche gli altri due. Non ti resterà più una costola intera".

Tirai fuori la pistola e gliela misi sotto il naso.

"Guardala bene; dopo che ti avremo spaccato tutte le costole, con questa ti sparerò in un braccio, il secondo colpo sarà per l'altro braccio, gli altri due per le gambe.
Quando la pistola ritornerà nelle mie mani, mi sarà rimasta solo la testa e per te sarà finita. Sei sicuro di volerlo?".
Si mise a piangere: ero il segno della resa, ora avrebbe parlato.
"E' in un barcone sul fiume, è ormeggiato al molo 22; il nome del barcone è Yang. Spero proprio che quel cane sia già morto".
"Non sperarlo, Shi, perché adesso andremo a prenderlo, ma se lo troveremo morto, porteremo te al nostro Capo e ti affideremo a lui; non sarà niente contento del fatto che tu e i tuoi lo abbiate privato del piacere di torturarlo e ucciderlo con le sue mani, e quindi si sfogherà su di te.
Pensa che noi, al suo confronto, siamo degli agnellini.
Ora, da bravo, dimmi quanti uomini ci sono di guardia e stai ben attento a non mentire".
"Due, solo due, te lo giuro".
Telefonai a Fred, mi rispose subito, anche se erano le due di notte.
"Capo, sappiamo dov'è Richardson e andiamo a prelevarlo. Speriamo che sia vivo; le faremo sapere".
"OK, ragazzi, chiamatemi al più presto" mi rispose, e chiuse la comunicazione.
Shi mi guardò spaventato: aveva sentito la parola "Capo" e credeva che fosse quell'uomo terribile di cui gli avevo parlato.
Glielo lasciai credere.
"Hai sentito Shi? Il nostro Capo mi ha detto che se Richardson fosse morto, o se tu avessi mentito, dobbiamo portarti da lui; ha in serbo per te un trattamento speciale. Sei sicuro, vero, di aver detto tutta la verità?".
Balbettò:
"Ss…sì, davv…vero, non..n ho men…ntito".
"Bene, lo spero per te".

Prima di andare, dovevamo sistemarlo in maniera che non potesse cercare di scappare.

Gli rimettemmo il cappuccio, dopo averlo imbavagliato con un nastro di scotch che ci eravamo portati; poi gli premetti il collo nel punto giusto e lui svenne immediatamente: per un'ora non si sarebbe svegliato.

Raddoppiammo la corda con cui l'avevamo legato, gli legammo anche le gambe e spostammo la sedia in bagno accanto a dei robusti tubi dell'acqua; assicurammo la sedia ai tubi.

Anche se avesse ripreso conoscenza prima del nostro ritorno, non avrebbe potuto muoversi nemmeno di un centimetro.

Bloccammo tutte le finestre e chiudemmo la porta a due mandate.

Ora bisognava liberare rapidamente il nostro collega, sperando che fosse ancora in vita..

VI

Arrivati al fiume, nella zona dell'imbarcadero, e individuato il molo 22, cercammo il barcone, con la paura di arrivare troppo tardi; quella frase che aveva pronunciato Shi:
"Spero proprio che quel cane sia già morto"
ci aveva impensieriti; lui sapeva cosa avevano fatto a Richardson e in che condizioni doveva trovarsi. Il fatto che fosse rientrato a casa, poteva indicare che forse, prima di allontanarsi, aveva dato ordine ai suoi uomini di finirlo.
Finalmente, il nome Yang ci indicò che l'avevamo trovato; rimasti a distanza, controllammo con i binocoli: tutto era buio, apparentemente non c'era anima viva.
Sperammo che Shi non ci avesse sviati e che Ken non fosse morto. Se lo avevano già ammazzato, probabilmente si erano anche già liberati del cadavere gettandolo in acqua.
Ci avvicinammo in perfetto silenzio, salimmo a bordo cercando di non fare scricchiolare troppo il legno della barca, per fortuna siamo abituati a camminare come i gatti; in coperta non c'era nessuno.
Dovevamo andare sottocoperta, scendemmo quei pochi scalini evitando ogni possibile rumore; per prima cosa scorgemmo due cinesi addormentati profondamente.
Tirammo fuori le pistole con il silenziatore già innestato; toccava a me e a Steve usarle, non potevamo rischiare che si accorgessero del nostro arrivo e che quindi avessero la possibilità di uccidere il prigioniero.
Ognuno di noi scelse il suo bersaglio e lo indicò all'altro con un gesto della mano; feci segno di sparare.

I due cinesi passarono direttamente dal sonno alla morte, senza nemmeno rendersene conto.

Steso su di una branda, vedemmo Ken: era a torso nudo, aveva mani e piedi legati, gli occhi bendati, una striscia di scotch sulla bocca; la sua faccia, le braccia, il torace erano coperti di sangue rappreso.

Mi chiesi se eravamo arrivati in tempo o no.

Mi avvicinai e gli cercai la pulsazione del collo; con sollievo sentii che il cuore batteva ancora, lentamente ma batteva.

Chiamai subito Fred:

"L'abbiamo trovato, è ancora vivo, ma mi sembra gravissimo. Per favore, faccia venire subito un'autoambulanza e due furgoni, abbiamo anche due cadaveri da portare via".

"Va bene, ragazzi, mi attivo immediatamente".

Mandai Miller e Lee in coperta a controllare che non ci fosse nessuno sul molo.

Mentre aspettavamo, gli slegai le mani e i piedi, gli tolsi la benda e lo scotch; sembrò non accorgersi di niente.

Poi andai in bagno, presi un asciugamano, lo bagnai e incominciai a pulirgli, piano per non fargli male, il sangue dalla faccia.

Aprì gli occhi, mi sorrise e con un filo di voce mi sussurrò:

"Ciao, James, ben arrivato. Ho sete, mi dai da bere, per favore?".

Steve sentì e arrivò subito con un bicchiere d'acqua; io gli sollevai la testa e Steve lo aiutò a bere.

"Ci sei anche tu, Steve, dovevo immaginarlo, se c'è il Gatto, c'è anche la Volpe!".

Per fortuna non aveva perso il suo humor.

In quel momento Miller ci avvisò che stavano arrivando l'autoambulanza e i due furgoni.

Come sempre, in questi casi, tutto si svolse molto rapidamente; gli uomini mandati da Fred, dopo aver caricato il ferito e i morti, senza fare commenti né chiederci niente, ripartirono velocemente per le loro destinazioni.

Anche questa era fatta, anche questa volta uscivamo vittoriosi dalla nostra missione.

Ora dovevamo recuperare Shi e poi avremmo potuto finalmente andarcene a casa a dormire.

Ritornati nell'appartamento dove avevamo lasciato il nostro prigioniero, lo trovammo ancora privo di conoscenza. Meglio così, sarebbe stato più facile riportarlo a casa.

Dopo averlo slegato dalla sedia, lo caricammo in macchina; arrivati nel vicolo nel quale avevamo parcheggiato prima, lo depositammo sul marciapiede, gli togliemmo il cappuccio e la fascetta con la quale gli avevamo legato i polsi, e ripartimmo anche noi molto velocemente.

Il nostro compito era finito; avrebbero pensato i suoi a curarlo.

In ultimo, recuperammo la moto e i nostri vestiti a casa di Ken; oramai erano quasi le cinque.

"Mi dispiace, ragazzi" dissi a Miller e a Lee "vi abbiamo fatto fare la notte in bianco; purtroppo fra meno di tre ore incominciano gli addestramenti e le lezioni. Domani sarete distrutti".

Mi rispose Miller sorridendo:

"Non si preoccupi, Signore, è stata una notte molto istruttiva ed emozionante, come a San Diego.

La ringraziamo per averci chiamati e averci permesso di aiutarvi; grazie anche a lei, Capitano Harris.

Se avrete ancora bisogno, noi saremo sempre a vostra disposizione".

Li mandammo a riposarsi, con l'ordine tassativo di non parlare a nessuno di quello che era successo.

"Cosa ne dici di venire da me? Ormai le nostre ragazze non ci aspettano più. Mandiamo a ciascuna un messaggio per avvisarle che abbiamo lavorato tutta la notte e che ci vedremo domani quando avremo finito con le reclute" mi propose Steve.

Approvai, era inutile adesso svegliare Julie e Maureen, era meglio lasciarle dormire; fra qualche ora avrebbero letto i nostri messaggi e si sarebbero messe tranquille.

Arrivati da Steve, ci comportammo esattamente come ai vecchi tempi: ci gettammo sul letto vestiti.

"Steve" gli chiesi "lo sapevi che ci chiamano "Il Gatto e la Volpe"?".

"No" mi rispose "però mi piace".

"Anche a me" bofonchiai mentre gli occhi mi si chiudevano; e poi ci addormentammo di colpo.

A tutto il resto avremmo pensato al nostro risveglio.

Potemmo concederci solo due ore di sonno; dopo una doccia e un bricco di caffè, fummo più o meno in grado di andare al lavoro.

Alle otto meno un quarto eravamo in palestra pronti a incominciare la lezione.

Ci eravamo accordati, Steve e io, di darci una mano reciprocamente, dato che non eravamo nella forma migliore; avremmo svolto tutte le lezioni insieme.

Quando arrivarono le reclute, mi accorsi che, dopo aver notato le nostre occhiaie, si davano di gomito e ridacchiavano fra di loro; evidentemente pensavano che avessimo passato la notte in bagordi.

Feci finta di non accorgermene, ero troppo stanco per punirli.

Miller e Lee mi sembrarono invece abbastanza svegli; per fortuna avevano retto bene la mancanza di riposo.

Avvisai i ragazzi che dall' indomani avremmo ripreso l'orario normale, cioè dalle otto meno un quarto alle dieci Arti marziali, dalle dieci e un quarto alle dodici e mezza Tecniche di guerriglia e dalle quattordici alle sedici e un quarto la tanto temuta Resistenza al dolore.

Li avvertii anche che Richardson non sarebbe tornato prima di un mese, per problemi di famiglia, e che in quel periodo avrei continuato a sostituirlo io.

Non mi sembrarono particolarmente felici di questa ultima notizia, ma intanto non potevano ribellarsi, né protestare, dovevano solo tacere e chinare la testa.

Finite le lezioni andammo da Fred per fargli una relazione dettagliata degli eventi della notte precedente.

Si complimentò con noi per il risultato positivo, e apprezzò molto che ci fossimo presentati come trafficanti sudamericani.

"Bella idea, ragazzi" disse "anzi, telefonerò immediatamente al Capo della Polizia, il mio amico Mills, per consigliargli di dichiarare ufficialmente che, nella notte, due rappresentanti della locale mafia cinese sono stati assassinati da alcuni uomini appartenenti a uno dei tanto malfamati "Cartelli" sudamericani, forse colombiani; gli stessi che hanno anche rapito e picchiato Shi, il figlio del boss.

L'unico problema è che se Houang scoprirà che Richardson è ancora vivo, certamente riproverà a farlo fuori…ok, poco male, gli cambieremo identità e alloggio in maniera permanente; sono sicuro che non avrà niente in contrario, dal momento che non ha famiglia.

Ora vi lascio liberi, vedo chiaramente che avete bisogno di riposo. "Riposo", ho detto; evitate di sprecare energie per altre cose" ci strizzò un occhio e aggiunse:

"Penso di essermi spiegato. Comunque questo è un ordine; andate".

Prima di tornare a casa, dopo aver avvisato Julie e Maureen che saremmo rientrati oltre metà pomeriggio, passammo da Ken, che era stato ricoverato in un ospedale militare sotto falso nome ed era piantonato costantemente da un paio di nostre guardie.

Lo trovammo meglio di quello che avevamo pensato, nonostante avesse ingessati braccia, gambe, mani e piedi; quello che non era ingessato, era bendato. Però l'umore era alto; evidentemente la sua fibra, così forte, aveva retto bene alle torture che gli erano state inflitte.

Appena ci vide, sorrise e fece segno con la testa di sederci accanto a lui:

"Grazie, ragazzi, non so se avrei resistito ancora a lungo in quelle condizioni. Non mangiavo e non bevevo da tre giorni; temevo di essere arrivato alla fine.

Continuavo a pensare che non potevo morire così, che se dovevo proprio morire giovane, dovevo farlo in missione, durante una battaglia, non legato su una branda in compagnia di due cinesi, torturato a morte, senza cibo né acqua.

No, una morte del genere non riuscivo ad accettarla, e invece sarebbe andata proprio in questo modo, se voi non mi aveste trovato in tempo".

Gli misi una mano sulla spalla.

"Abbiamo fatto solo il nostro dovere, lo sai" risposi "piuttosto, te la senti di raccontarci tutto quello che è successo?".

"Sì, certo, non sto poi tanto male. Praticamente non ho nemmeno un osso intero nel corpo, però sono sotto analgesici, quindi nell'insieme non posso lamentarmi.

Certo la ripresa sarà lunga, ma ce la farò.

So che sei tu che mi sostituisci al Corso; mi dispiace darti questa fatica in più, però sono contento perché Fred non poteva affidare i ragazzi a un istruttore migliore".

"Tranquillo, Ken, nessun problema; mi aiuta anche Steve, anzi, ti assicuro che è tanto bravo, che fatico molto ad atterrarlo. Ora, se te la senti, racconta".

Fece segno di sì con la testa, prese fiato e iniziò a parlare:

"Dunque, ero tornato da un paio di giorni da Boston. Per fortuna mia madre si era rimessa in sesto, stava bene, quindi io avevo potuto lasciarla da sola con mio fratello.

La sera del secondo giorno, ero appena andato a coricarmi, ho avvertito un lieve rumore, come uno scatto; mi sono alzato e, scalzo com'ero, sono andato piano, piano a vedere cosa stava succedendo.

Se dicessi che non ero preparato a trovare un intruso in casa, mentirei, perché in effetti avevo pensato che un ladruncolo si fosse introdotto per rubare.

Non mi aspettavo, invece, di trovarmi di fronte cinque uomini in passamontagna, che mi hanno assalito tutti insieme.

Ho cercato di difendermi, ho lottato finché ho potuto, ma poi ho dovuto cedere, erano troppi anche per me.

Sono riusciti a immobilizzarmi; ho sentito un gran colpo alla testa e non ho visto più niente.

Quando mi sono risvegliato ero legato, è un classico, a una sedia, in mezzo a quella che giudicai essere la sottocoperta di una grossa barca.

Ero imbavagliato; di fronte a me c'erano i cinque uomini che mi avevano catturato, questa volta a viso scoperto: erano tutti cinesi e fra di loro c'era anche Shi, il figlio minore di Houang.

Naturalmente ho capito subito che volevano vendicare la morte di Chen, l'altro figlio, e ho capito anche che le loro intenzioni erano di torturarmi e poi di ammazzarmi.

Ho sperato che Fred, non vedendomi rientrare, mandasse qualcuno a cercarmi, ma, quando mi sono reso conto che mancavano ancora tre giorni alla riapertura del Corso, ho temuto che non sareste arrivati in tempo.

Non vi sto ad annoiare descrivendovi quello che mi hanno fatto, del resto, guardandomi, potete vederlo da soli; a quel punto non ho potuto far altro che mettere in atto tutte le nostre tecniche di resistenza per non crollare e per cercare di sopravvivere il più a lungo possibile.

Hanno continuato fino a ieri sera, poi probabilmente hanno pensato, da come ero ridotto, che fossi arrivato alla fine, e vi confesso che l'ho pensato anch'io, così mi hanno slegato dalla sedia e mi hanno adagiato su di una branda.

Shi e altri due se ne sono andati e io sono rimasto con quei due che dovevano aspettare la mia morte e dopo, quasi certamente, liberarsi del mio cadavere gettandomi in mare.

Credo che, per fortuna, ritenessero che non valeva la pena di sprecare un proiettile per un uomo già praticamente morto, bastava attendere un po' e sarei schiattato da solo senza il loro intervento, e, forse, volevano protrarre ancora le mie sofferenze finché non avessi esalato l'ultimo respiro.

Quei due mi hanno bendato, non so bene perché, forse non volevano vedere i miei occhi guardarli mentre morivo, e si sono messi a parlare fra di loro; naturalmente non ho capito una parola di quello che si dicevano, non conoscendo il cinese, ma penso che comunque non sarei stato in grado di seguire i loro discorsi, tanto la mia mente era confusa.

A un tratto mi sono sentito svenire e ho perso conoscenza; il resto lo sapete.

Ora ditemi voi come mi avete scovato".

Annui, poi iniziai:

"Siamo andati a casa tua, ieri pomeriggio, e abbiamo visto i segni di una lotta; non avendoti trovato, né vivo, né morto, abbiamo capito che qualcuno ti aveva rapito per poterti torturare con calma, e poi ucciderti.

Ai cinesi siamo arrivati per logica: la cosa più probabile era che fosse stato Houang a organizzare tutto questo, per vendicare il figlio maggiore, della cui morte ti riteneva responsabile.

A questo punto, l'unico modo di sapere dove ti avevano portato, era di convincere Shi a dircelo.

Lo abbiamo aspettato sotto casa.

Ti confesso che siamo andati contro al regolamento, e ci siamo fatti aiutare da Miller e Lee, che, avendo già lavorato con noi a San Diego, conoscono bene i nostri metodi.

Abbiamo beccato Shi al suo rientro, evidentemente subito dopo che ti aveva lasciato nelle mani dei suoi uomini.

Anch'io non ti sto a raccontare come l'abbiamo convinto a parlare, del resto il nostro modo di lavorare lo conosci, sappi solo che è vivo, ma che non sta tanto meglio di te, anche perché lui non ha la tua resistenza.

Il resto poi è stato semplice: siamo arrivati, abbiamo ammazzato i due cinesi e ti abbiamo liberato.

Ora è tutto finito, però ti avviso che dovrai cambiare casa e identità, questa volta per sempre. Fred penserà a tutto".

"Nessun problema, intanto sono solo. Ma credi che mia madre e mio fratello possano essere in pericolo?".

"Fred si occuperà anche di loro. Forse inscenerà un finto trasferimento, li manderà da qualche parte per un po' di tempo, e poi li farà tornare con nomi nuovi, in un nuovo appartamento.

Di te e dei tuoi si perderà ogni traccia; Ken Richardson verrà dichiarato ufficialmente morto, e questo eviterà che gli Houang riprovino nuovamente a farti fuori.

Saranno invece ritenuti colpevoli della tua morte, della morte dei due cinesi e delle torture inflitte a Shi, quattro narcotrafficanti sudamericani che non verranno mai identificati e che a quest'ora saranno certamente già ritornati nel loro Paese e avranno ripreso, indisturbati, a occuparsi dei loro loschi traffici. Tutto finirà qui.

Piuttosto, Ken, come hanno fatto a identificarti? Lavoravi sotto copertura, di sicuro quando li hai arrestati eri a volto coperto. Devo pensare a una talpa nel nostro Corpo?".

"No, James, per fortuna no; è stato solo un caso, uno scherzo del destino, ora ti spiego.

Quando abbiamo fatto irruzione nel locale dove si nascondevano i mafiosi cinesi, dopo un primo attimo di stupore loro hanno estratto le armi; c'è stata, com'era logico, una sparatoria, alla fine della quale una parte li abbiamo arrestati e alcuni li abbiamo uccisi, fra cui appunto il figlio maggiore di Houang.

Durante la perquisizione che abbiamo effettuato più tardi, portati via i morti e i prigionieri, ho visto un ragazzino, un bambino di una decina di anni, che si nascondeva sotto un divano; gli ho ordinato di venire fuori, ma aveva paura e non mi ha obbedito.

Non potevo lasciarlo lì, così l'ho tirato fuori di forza, l'ho preso in braccio e l'ho portato verso la macchina per poi consegnarlo alla Polizia; lui si divincolava come una furia, a un certo punto mi ha afferrato il passamontagna e me lo ha strappato via.

L'ho rimesso immediatamente, ma mi aveva già visto in faccia; cosa avrei dovuto fare? Ammazzarlo? Come potevo? Era solo un bambino.

Così l'ho affidato a un paio di poliziotti perché cercassero la madre e glielo restituissero.

Seppi poi che era il nipote di Houang, il figlio proprio di quello che avevo appena ammazzato.

Non mi preoccupai eccessivamente, in fondo mi aveva visto soltanto per pochi secondi, piangeva e gridava, magari non mi aveva nemmeno osservato bene.

Dopo circa un mese, mentre facevo la spesa in un supermercato, pochi giorni prima di partire per Boston, me lo ritrovai davanti in compagnia di una giovane donna, penso la madre; sperai che non mi avesse riconosciuto, mi voltai dall'altra parte, pagai e uscii velocemente.

E' evidente che invece lui mi aveva riconosciuto perfettamente e che così sono arrivati a identificarmi; è probabile che mi abbiano seguito fino a casa: scemo io che non me ne sono accorto, eppure non sono due giorni che faccio questo lavoro!".

"Sono cose che succedono, noi stiamo sempre attenti a tutto, anche alle ombre, ma qualcosa ci può sfuggire, siamo esseri umani; per fortuna è finita bene, non pensarci più.

Adesso perdonaci, Ken, ma dobbiamo andare a casa, sono quasi due giorni filati che non dormiamo. Passeremo a trovarti presto".

Sorrise.

"Avete ragione, andate. Grazie di tutto".

Lo lasciammo in buone mani.

Mentre uscivamo dall'ospedale, ricevetti un messaggio da Julie; mi diceva di portare da noi Steve, perché Maureen era lì anche lei e avremmo approfittato per cenare tutti insieme.

Quando arrivammo, ci saltarono tutt'e due al collo senza nemmeno lasciarci il tempo di entrare; evidentemente Maureen aveva lo stesso stile di sua sorella. Dovemmo spingerle dentro per evitare che qualcuno, passando, ci sorprendesse mentre le baciavamo appassionatamente sul ballatoio.

Non ci sarebbe stato niente di male, per carità, ma preferivamo che queste manifestazioni amorose si svolgessero dentro le mura domestiche, e non fuori.

Cenammo in allegria, poi, giunto il momento di salutarci, Julie disse:

"Ragazzi, è molto tardi, Maureen e io abbiamo avuto un'idea: potremmo dormire tutti qui.

Avevamo già preparato la stanza degli ospiti, in caso voi non foste tornati nemmeno questa sera, per non rimanere sole in due case diverse.

Visto che è tutto pronto, e che voi siete stanchi, possiamo andarcene a letto subito".

Guardai Steve; non mi sembrò per niente imbarazzato del fatto di dormire nello stesso letto di Maureen così apertamente. Del resto raramente ho visto Steve in imbarazzo per qualcosa; forse lo era stato veramente solo quando Julie lo aveva sorpreso nudo in casa sua, o forse aveva fatto finta di esserlo per darsi un contegno.

Ci scambiammo la buonanotte e ci ritirammo nelle nostre camere; confesso che decisi di disubbidire a Fred, non una, ma parecchie volte, intanto non lo avrebbe mai saputo.

Mi chiesi se anche Steve avrebbe fatto la stessa cosa; la risposta venne da lì a poco, quando, nel silenzio, udimmo dei suoni inconfondibili provenire dalla loro stanza.

"Senti come sono felici!" mi sussurrò Julie "Proprio come noi".

Non riuscii a capire perché le due sorelle avessero organizzato quella serata; quello che invece avevo capito già da tempo, era che la mente delle donne è un mistero insondabile e che quindi avrei dovuto rinunciare a fare qualunque supposizione.

Mi dedicai, invece, a stringere con passione mia moglie fra le braccia e a dimostrarle tutto il mio amore, senza preoccuparmi minimamente di reprimere, per non farci sentire, i gemiti che uscivano dalle nostre labbra.

VII

Tutto riprese nella norma; avvisammo le reclute che Richardson avrebbe prolungato la sua assenza a data da destinarsi e che, al suo rientro, si sarebbe chiamato Clay Parker.

Ricordai loro che erano tenute al massimo riserbo e che nulla doveva trapelare all'esterno di quello che stava succedendo, pena gravissime sanzioni.

Steve continuò a lavorare insieme a me, e di questo gli fui grato, perché in fondo si era assunto un grosso onere; le sue lezioni, infatti, già da sole erano faticose come le mie, e talvolta anche di più.

I giorni passarono velocemente, oramai alle prossime vacanze mancava solo un mese: avrebbero coinciso con le festività natalizie.

Con nostra grande soddisfazione nessuno dei ragazzi si ritirò più dal Corso; tutti si stavano impegnando al massimo per arrivare fino alla fine.

Una sera Steve mi chiese di andare a mangiare qualcosa insieme, come ai vecchi tempi; accettai con gioia, mi faceva piacere rimanere un po' solo con lui.

Dopo aver cenato in un ristorante dove, prima di sposarmi, andavamo spesso, mi disse:

"James, ora mantengo la promessa che ti avevo fatto: credo proprio di essere innamorato di Maureen. Per lei provo un sentimento che non ho mai provato per nessun'altra, quando mi è vicina sono felice, quando siamo lontani mi sembra di morire e non vedo l'ora di riaverla accanto.

Penso che sia la donna giusta per me, la donna della mia vita, e sono particolarmente contento che sia la sorella di Julie, perché questo rende ancora più saldo, anche se in realtà non ce n'è bisogno, il legame che esiste fra me e te.

Non dico di volerla sposare subito, sarebbe troppo presto e poi voglio che anche lei sia perfettamente convinta di poter affrontare la vita difficile che è l'unica che le posso offrire, però è mio desiderio sposarla e formarmi una famiglia appena sarà possibile. Ho deciso che glielo dirò questa sera stessa".

Se non fossimo stati in un locale pubblico, mi sarei alzato e sarei andato ad abbracciarlo.

"Steve" gli risposi "non sai la gioia che mi stai dando, prima di tutto per te, perché vedo nei tuoi occhi la felicità, e questa è la cosa più importante, poi per Maureen, perché è stata molto fortunata a trovare un uomo come te, e infine anche per me; ti confesso che speravo che succedesse, proprio per essere sicuro di non perderti mai.

Temevo infatti che un giorno o l'altro tu potessi innamorarti di una donna che magari ti avrebbe portato in un'altra città o, peggio, in un altro paese: come avrei fatto a stare senza di te?

Sei l'unico amico vero che io abbia mai avuto, fino al mio matrimonio sei stato tutta la mia famiglia e ora, se sposerai Maureen, rimarremo per sempre una famiglia, saremo sempre uniti, proprio come due fratelli.

Francamente non potevo sperare di meglio".

Quando tornai a casa riferii le parole di Steve a Julie, raccomandandole di non dire ancora niente a sua sorella, perché era giusto che fosse lui a farlo.

Si mise a piangere disperatamente, ma questa volta non mi preoccupai affatto; avevo ormai imparato che quando piangeva così, era per la gioia.

Mi limitai a prenderla fra le braccia, a tenerla stretta a me e a coccolarla, aspettando che smettesse.

Andavamo spesso a trovare Ken, anzi dovevo abituarmi a chiamarlo Clay, che si stava riprendendo velocemente; incominciava a camminare senza l'aiuto delle stampelle e aveva riacquistato la quasi completa motilità delle braccia e delle mani.

Le fratture al volto gli avevano leggermente cambiato la fisionomia, ma, tutto sommato era un bene, visto che, d'ora in poi, avrebbe dovuto essere una persona completamente diversa.

Fred avrebbe poi deciso se fargli mutare il colore dei capelli, fargli crescere la barba...e quali altre variazioni da attuare per evitare che potesse essere casualmente riconosciuto.

Sul giornale era uscito l'articolo che lui aveva praticamente dettato al Capo della Polizia e anche un trafiletto in cui si diceva che un tale Ken Richardson, un detective, ex militare, istruttore di Arti marziali, che spesso compieva azioni in appoggio alle Forze armate e alla Polizia, era scomparso nel nulla senza lasciare alcuna traccia.

Purtroppo si temeva che fosse stato rapito e ucciso per ordine di uno dei "Cartelli" sudamericani che, tempo prima, aveva contribuito, a fianco appunto della Polizia locale, a sgominare, arrecando ai narcos un enorme danno economico.

Tutto questo avrebbe avvalorato, per i cinesi, il fatto che i narcotrafficanti, che avevano torturato Shi e che avevano ucciso i due uomini di guardia sul barcone, avessero poi trasportato nel loro paese Richardson e lo avessero ammazzato, come era loro intenzione - e Shi in persona lo avrebbe confermato - facendone poi sparire il cadavere per sempre.

Fred fece ritirare, molto discretamente, tutti gli effetti personali di Ken dalla casa in cui aveva abitato e li fece mettere al sicuro nel nostro magazzino, dove sarebbero rimasti fin quando Clay si fosse trasferito nella nuova abitazione che il Capo gli aveva già trovato.

Si era occupato anche della madre e del fratello: dopo aver messo in giro la voce che, a causa della scomparsa e della probabile morte del loro congiunto, essi avevano deciso di cambiare Stato e di andare a vivere vicino a dei parenti, li aveva nascosti in un posto sicuro.

Sarebbero riapparsi anche loro, a tempo debito, in un'altra zona della città, con il nuovo nome Parker e, magari, con una nuova fisionomia: colori di capelli diversi, pettinature diverse; roba da poco, ma necessaria per impedire che fossero facilmente riconoscibili.

Il fratello, che era un ingegnere, sarebbe stato assunto nello studio di un amico di Fred con il nuovo nome, e tutto si sarebbe definitivamente sistemato.

Non sapevamo quando Ken, alias Clay avrebbe potuto riprendere l'insegnamento; certamente dopo che avesse riacquistato la capacità e l'elasticità totale dei movimenti, cosa indispensabile per le Arti marziali.

Intanto io continuavo a sostituirlo, validamente aiutato da Steve.

Stava succedendo una cosa strana: le reclute mi amavano quando, al mattino, insegnavo loro le mosse di Judo e delle altre discipline marziali, mi apprezzavano in modo particolare quando con Steve facevamo delle dimostrazioni di combattimento, e mi odiavano ferocemente al pomeriggio, quando ridiventavo l'istruttore "carogna" della Resistenza al dolore.

Eppure io ero sempre la stessa persona, ma era come se loro mi avessero diviso in due, uno buono e l'altro cattivo: Dottor Jakill e Mister Hyde

Il giorno seguente la nostra cena al ristorante, Steve mi disse che aveva parlato con Maureen e le aveva spiegato, senza naturalmente poterle dire la verità sul nostro lavoro, che la vita con lui non sarebbe stata facile e che quindi doveva pensarci su molto, prima di impegnarsi in un rapporto definitivo; doveva valutarne tutti i pro e i contro.

Lui, da parte sua, avrebbe accettato qualunque decisione lei avesse preso.

Maureen gli aveva risposto semplicemente che non aveva bisogno di pensarci, che lo amava più di qualunque altra cosa al mondo, e che gli sarebbe rimasta vicina sempre e comunque.
Insomma, gli aveva detto le stesse cose che Julie aveva detto a me.

Ci vedevamo molto spesso tutti insieme ed eravamo felici.
Avevamo progettato, per Natale, di andare a Baltimora a casa dei loro genitori; in quella occasione Steve e Maureen avrebbero annunciato ufficialmente il loro fidanzamento.
Le due ragazze stavano già pensando agli addobbi natalizi e ai regali; sembravano tornate bambine, tanta era la gioia con cui si dedicavano a questi preparativi.
Stavano organizzando anche il cenone di San Silvestro e ci avevano proposto di andare poi a trascorrere i primi giorni dell'anno, noi quattro insieme, in una località di mare.
Purtroppo avemmo la conferma, a nostre spese, che non si devono mai fare i conti senza l'oste.
Accaddero, infatti, degli avvenimenti che avrebbero cambiato radicalmente i nostri piani.

Una quindicina di giorni prima di Natale, ci fu una serie di violenti attentati contro i nostri soldati in Afghanistan.
Fortunatamente non causarono morti, solo qualche ferito non grave, ma il nostro Stato Maggiore decise di inviare laggiù un Corpo speciale per rafforzare la difesa delle nostre truppe.
Furono mandati là anche tutti i ragazzi della mia "squadra": Brown, Sanders, Caster, O'Henry, Smith, Francis, Stivens, Carter e, naturalmente, il Colonnello Medico Burtler.
Non mi preoccupai per loro, infatti era normale che i Reparti Speciali venissero inviati nei luoghi dove maggiore era il pericolo; faceva parte della routine, e poi erano tutti ragazzi in gamba, perfettamente addestrati e in grado di cavarsela al meglio in ogni situazione.

Le Feste si avvicinavano a grandi passi, in casa mia troneggiava un albero completamente ricoperto di luci e di palline colorate; Julie aveva impiegato un giorno intero per prepararlo.

Lo stesso, mi riferì Steve, era successo in casa di Magda, dove praticamente oramai viveva con Maureen; anche lì c'era un albero gigantesco che si intravvedeva appena, sommerso da una quantità incredibile di addobbi.

In fondo eravamo molto contenti di questi preparativi e di questa atmosfera natalizia che a noi, rimasti entrambi orfani da bambini, erano mancati da tanto tempo.

Era come un rituffarsi nella nostra infanzia, nel calore della famiglia di cui, troppo presto, purtroppo, avevamo dovuto fare a meno.

Anche la città era vestita a festa, piena di luci e di colori; i negozi facevano a gara per esporre le vetrine più belle, a volte addirittura spettacolari, con figure a grandezza naturale di pastori, renne, babbi natale.

Le insegne illuminavano le strade di stelle, fiocchi di neve, lanterne sfavillanti…

Per le strade piccoli gruppi cantavano inni natalizi e chiedevano un obolo per il Natale dei poveri.

Mi resi conto che non avevo mai notato tutto questo, forse perché, dopo la morte dei miei, non avevo più sentito dentro di me lo Spirito natalizio, anche se mia zia, poverina, aveva cercato di farmelo rivivere in tutti i modi possibili.

Purtroppo, dopo pochi mesi dal mio ingresso nei Servizi, lei era morta di leucemia fulminante.

Da allora per me il Natale era un giorno che riguardava solo i bambini; ora invece mi rendevo conto che coinvolgeva profondamente anche gli adulti che credevano in lui, che percepivano quel senso di amore e di pace che infondeva nei cuori.

Sei giorni prima di Natale, Fred ci convocò urgentemente nel suo ufficio; non ci lasciò nemmeno il tempo di terminare la lezione di Arti marziali che stavamo tenendo alle reclute.

Ci accolse con un'espressione preoccupata che faceva temere il peggio.

"Ragazzi" disse "è successo un fatto gravissimo: Stivens e Carter stavano facendo un volo di ricognizione, quando il loro aereo è stato colpito dai Talebani. Prima di precipitare sono riusciti a lanciarsi con il paracadute, ma purtroppo sono stati catturati.

Abbiamo già messo in moto i nostri contatti e i nostri diplomatici per trattarne la liberazione, ma sembra che questa volta non vogliano saperne di lasciarli andare, nemmeno dietro un lauto riscatto.

Sembra anche che abbiano rilasciato delle dichiarazioni farneticanti in cui parlano di torturarli e giustiziarli pubblicamente proprio il giorno di Natale; questo atroce spettacolo, secondo loro, dovrebbe servire di monito per tutte le truppe occidentali che hanno "invaso" i territori musulmani. Mi dispiace molto per voi, so che vi eravate già organizzati per trascorrere il Natale a Baltimora, ma temo che dovrete partire subito, questa sera stessa.

Vi renderete conto, infatti, che la gravità della situazione richiede il vostro immediato intervento.

Alle diciannove un aereo militare vi porterà in Afghanistan, nella caserma delle nostre truppe.

Dovete liberare i due prigionieri, a ogni costo; non possiamo permettere che vengano ammazzati in questo modo barbaro.

Questi sono i vostri documenti".

Prendemmo i passaporti e le carte militari che ci porgeva attraverso la scrivania; erano intestati al Capitano Colin Stewart e al Capitano Edwin Morris, del reparto Incursori.

"Ora andate dal barbiere e fatevi rasare i capelli, poi passate a ritirare le divise e l'equipaggiamento solito. Il Colonnello Pratter, che già conoscete…" - certo che lo conosco, pensai, l'ultima volta che abbiamo lavorato insieme, mi ha condannato a morte e mi ha fatto fucilare - "…dirigerà le operazioni e vi darà, come sempre, carta bianca e tutto l'aiuto possibile".

Fece una pausa, ci rivolse per un attimo uno sguardo pieno d'ansia, quindi continuò:

"Ora andate, ragazzi, e , mi raccomando, badate a voi stessi, quella è gente molto pericolosa. Buona fortuna".

Ci strinse la mano e ci congedò.

Dovevamo avvisare prima di tutto i nostri allievi; rientrammo nella palestra dove avevamo lasciato le reclute e le trovammo che stavano esercitandosi fra di loro con grande impegno. Fu per noi una piacevole sorpresa.

Chiesi di prestarmi attenzione:

"Ragazzi, questa sera il Capitano Harris e io partiremo per una missione delicata e molto urgente, per cui le nostre lezioni di oggi e dei prossimi tre giorni saranno sospese.

Gli altri istruttori si divideranno le ore e ne approfitteranno per approfondire i loro argomenti.

Il 23, come ben sapete, inizieranno le vacanze natalizie. Vi auguriamo di poterle trascorrere con i vostri cari serenamente e vi diamo appuntamento per il 7 Gennaio; speriamo di ritrovarvi tutti qui e, naturalmente, di poterci essere anche noi. A presto".

Mi ricambiarono gli auguri, ma mi parvero preoccupati; probabilmente incominciavano, nonostante tutto, ad affezionarsi, e avevano compreso che una partenza così improvvisa e a pochi giorni da Natale, poteva significare solo una missione altamente pericolosa.

Ora dovevamo confessare a Julie e a Maureen che avremmo dovuto rinunciare a tutti i nostri programmi, e non sarebbe stato facile.

Steve suggerì che forse la cosa migliore era vederci tutti e quattro per parlarne insieme.

Telefonai a Julie:

"Ciao amore" le dissi "chiama Maureen e dille che oggi lei e Steve pranzeranno a casa nostra. Abbiamo terminato le nostre lezioni in anticipo e abbiamo bisogno di parlare con voi di una cosa molto importante".

"Cosa succede, James? Ci sono problemi?".

"Ne parliamo dopo, d'accordo? Arriviamo".

"Va bene".

Mi rispose con una voce angosciata, sicuramente immaginava già qualcosa di poco piacevole.

Prima passammo a casa di Steve per prendere degli effetti personali che gli sarebbero serviti per il viaggio, poi le raggiungemmo.

"Chi glielo dice?" mi chiese Steve.

"Tu, sei tu il diplomatico".

"E tu sei il padrone di casa e l'uomo sposato. E poi sei anche al comando dell'operazione, tutte le iniziative le prendi tu, io devo solo obbedire".

"Mi pare che ci marci, su questo, ma ti frego subito: se devi solo obbedire, allora io ti ordino di dare la notizia a mia moglie e alla tua fidanzata, e tu obbedirai".

Alzò le spalle:

"Colpito e affondato! Va bene, Capitano Clark, tu comandi e io eseguo".

Arrivati a casa, facemmo finta di non notare l'espressione ansiosa che comparve sul volto delle nostre ragazze, non appena ci videro con i capelli rasati; volevamo prima mangiare tranquilli, poi avremmo parlato con calma senza rovinarci il pasto.

Dopo il caffè, feci segno a Steve di iniziare.

Mi guardò storto, ma obbedì:

"Dunque, ragazze, vi dobbiamo dare una notizia che non vi piacerà. Veramente non piace neanche a noi, ma non possiamo farci niente: abbiamo ricevuto degli ordini e dobbiamo obbedire".

Abbassai gli occhi, non avevo il coraggio di guardarle, tanta era l'angoscia che si leggeva sui loro visi.

Steve continuò:

"Purtroppo non potremo venire a Baltimora con voi. Dobbiamo partire subito per una missione molto delicata e molto importante, ma penso che l'abbiate già capito; oggi abbiamo ricevuto precise disposizioni e dobbiamo attenerci strettamente a esse.

Possiamo solo sperare di tornare in tempo per trascorrere con voi il Capodanno, ma non siamo assolutamente in grado di assicurarvelo.

Ci dispiace, ci dispiace moltissimo, avevamo tanto desiderato anche noi questa vacanza, che oltre a tutto per Maureen e me avrebbe coinciso con un momento di grande felicità, ma purtroppo, come ben sapete, questi sono gli ordini, e gli ordini non si discutono".

Vidi che tutt'e due avevano gli occhi lucidi.

Fu Julie a parlare:

"Quando partite?".

"Questa sera alle sette".

Scoppiarono a piangere, ma questa volta non di gioia.

Corremmo ad abbracciarle; soffrivamo nel vederle soffrire, ma cosa potevamo fare se non cercare di consolarle?

Presi per mano Julie e la portai nella nostra camera, e lo stesso fece Steve con Maureen.

Avevamo ancora il tempo necessario per salutarle con tutto il nostro amore e ci mettemmo anche tutto il massimo impegno.

Dopo, Julie mi prese le mani, mi guardò e mi disse:

"James, alla televisione hanno detto che in Afghanistan i talebani hanno catturato due nostri piloti e che minacciano di ucciderli. E' per questo che dovete partire?".

Scossi la testa.

"Julie, per favore, sai che non posso dirti niente".

"Non importa, la risposta l'ho letta nei tuoi occhi".

Stette un attimo in silenzio, poi aggiunse:

"Pensi che potrete telefonarci il giorno di Natale?".
"No, penso proprio che non sarà possibile".
"D'accordo, James, anche questo non importa, quello che conta è che io ti amo e che tu mi ami".
Vidi una lacrima scivolarle su una guancia.
La presi fra le braccia e la tenni stretta a me.

Alle diciotto dovemmo lasciarle, dopo aver raccomandato di stare tranquille, che tutto sarebbe andato bene e che avremmo cercato di tornare il più presto possibile.
Riuscimmo a farci promettere che si sarebbero recate ugualmente dai loro genitori; non volevamo che rimanessero sole. Con i loro cari il tempo sarebbe passato più rapidamente e ne avrebbero avuto meno per pensare a noi e per stare in ansia, specialmente Julie, che, contrariamente a Maureen, sapeva, come i miei studenti, che una missione così urgente e improvvisa avrebbe potuto anche essere molto, ma molto rischiosa.
Le staccammo a fatica dalle nostre braccia, fu una violenza che dovemmo fare a loro e a noi, ma non potevamo comportarci diversamente.
All'aeroporto trovammo, come sempre, l'aereo già pronto a decollare; questa volta, purtroppo, non c'erano Stivens e Carter a pilotarlo.
Almeno fossimo riusciti a liberarli prima che i talebani mettessero in atto il loro atroce progetto!

VIII

All'aeroporto, dove atterrammo dopo venticinque ore di volo, alle due di notte, ora locale, ci vennero a prendere dei soldati con un mezzo blindato, perché era troppo pericoloso usare la classica Jeep.

La nostra caserma si trovava a qualche chilometro da Kabul ed era, come potemmo constatare, molto ben attrezzata.

Il deposito delle armi era più che fornito, nel magazzino viveri avevano stipato una quantità di cibo che ci sarebbe bastata per un anno, ma il fiore all'occhiello era il reparto ospedaliero: pareva, in piccolo, un nostro ospedale cittadino.

Potevamo contare anche sulla presenza di un anestesista e di tre infermieri.

Burtler mi spiegò che, dato il posto dove ci trovavamo, voleva essere pronto per ogni evenienza, non solo per i militari, ma anche per la popolazione che avrebbe potuto averne bisogno.

Ci vennero incontro Brown, Sanders, Caster, O'Henry, Smith e Francis che ci avevano aspettati alzati; fummo felici di rivedere i nostri ragazzi, anche se, purtroppo, in un'occasione così triste.

Ci implorarono di liberare i loro compagni e noi promettemmo che avremmo fatto il possibile e l'impossibile, anche a costo della nostra vita.

Avevamo solo tre giorni di tempo per trovarli; chiesi a Pratter di mettermi subito in contatto con le spie locali che, dietro compenso, davano indicazioni alle truppe estere sui luoghi dove si trovavano i nuclei dei talebani.

Alle otto del mattino, avevamo potuto riposare qualche ora, arrivò un certo Mohamed, nome molto comune da quelle parti; non so se fosse vero o finto, ma non me lo chiesi, non era minimamente importante per il mio scopo.

Gli spiegai quello che volevo sapere, mi rispose che era possibile trovarli, però avrei dovuto dargli diecimila dollari.

Non discussi sulla cifra, lo Stato maggiore mi aveva consegnato una certa somma che avrei potuto spendere per la ricerca dei due piloti; avevo soldi abbastanza per accontentare Mohamed e me ne sarebbero avanzati ancora parecchi.

Mi promise che l'indomani mattina mi avrebbe fatto sapere.

La prima notte passò tranquilla; Pratter molto gentilmente aveva fatto preparare una stanza solo per me e Steve.

Prima di addormentarci, ci chiedemmo cosa stessero facendo in quel momento Julie e Maureen, sicuramente anche loro stavano pensando a noi; con questa piacevole certezza, piombammo nel sonno.

Mohamed fu di parola; l'indomani mattina presto arrivò sventolando un carta topografica che aprì su di un tavolo.

Aveva segnato di rosso un punto.

"Qui" disse "ci sono i talebani che hanno preso i due americani; hanno piantato delle tende in questa radura in mezzo ai monti a circa cinque chilometri di distanza da Kabul.

In tutto sono una decina, ma, attenzione, sono armati fino ai denti e pronti a morire; prima, però, cercheranno di ammazzare gli ostaggi".

Lo ringraziai e gli diedi i soldi che avevamo pattuito.

"Dici che ci possiamo fidare?" mi chiese Steve, quando rimanemmo soli.

"Per forza" risposi "non abbiamo nessun'altra possibilità di trovarli. Dobbiamo fidarci e sperare in bene; ora decidiamo un piano d'attacco".

Chiamammo Pratter per discuterne; anche se l'operazione era totalmente affidata a noi, era per lo meno corretto che partecipasse anche lui come Comandante delle truppe regolari.

Convenimmo che, dato il poco tempo che ci rimaneva, eravamo già al 22 Dicembre, avremmo agito quella notte stessa; avremmo portato con noi tutta la mia "squadra" tranne, naturalmente, Burtler che non poteva lasciare il suo ospedale.

Avremmo usato la solita tattica: eliminazione delle sentinelle, poi attacco diretto e, speravamo, liberazione degli ostaggi, quindi rientro in caserma.

Il problema era che non avevamo la possibilità di controllare la sistemazione delle tende alla luce del giorno perché si sarebbero certamente accorti di noi. Dovevamo andare alla cieca, augurandoci di essere fortunati.

Steve, in realtà, avrebbe voluto che ci recassimo in ricognizione quella mattina stessa, temeva infatti di trovare delle sgradevoli sorprese alle quali forse non avremmo saputo fare fronte.

Non potei che dargli ragione, però gli feci presente che, se ci avessero visti, avrebbero potuto uccidere subito i prigionieri e, magari, anche noi, oppure avrebbero potuto spostare il loro accampamento in un altro posto più sicuro, che non avevamo la certezza di individuare altrettanto rapidamente.

Questa volta fu lui a dare ragione a me.

Chiamai i miei ragazzi, spiegai loro che quella notte avremmo cercato di liberare Stivens e Carter; mostrai la carta con segnato il punto dove avrebbero dovuto trovarsi.

Li avvisai anche che non sapevamo esattamente quello che avremmo dovuto affrontare, né contro quanti uomini avremmo dovuto combattere; però questa era probabilmente l'unica possibilità che avremmo avuto di salvarli, quindi dovevamo tentare il tutto per il tutto.

Mi risposero che erano preparati a qualunque evenienza.

Nel pomeriggio, Steve e io andammo a scegliere le armi nel deposito.

Dopo un'attenta valutazione, come fucili di precisione a lunga portata optammo per i Barrett M107A1 e, come fucili da assalto, prendemmo gli M4A1.

Avremmo indossato le tute da incursione, con i caschi muniti di luci a raggi infrarossi e, per maggiore sicurezza, i giubbotti antiproiettile.

Ci saremmo armati anche di bombe a mano e di proiettili incendiari.

A mezzanotte in punto partimmo con due autoblindo; seguendo la carta, arrivammo a circa trecento metri dal luogo indicato.

Ci fermammo; andare più avanti sarebbe stato troppo rischioso.

Scorgemmo l'accampamento che era situato in una piccola radura fra enormi massi di pietra.

La vegetazione era scarsa, il terreno impervio; avanzammo, un po' strisciando, un po' camminando fra le rocce, ancora un centinaio di metri fino a quando potemmo vedere chiaramente la posizione delle tende e delle sentinelle: le tende erano quattro e le sentinelle erano una davanti a ciascuna tenda.

Avremmo usato la solita tattica: Steve, io, Brown e Sanders ci saremmo occupati di abbattere subito con i fucili di precisione, muniti di silenziatore, le quattro sentinelle.

Ne scegliemmo una per ciascuno.

A un mio segno sparammo contemporaneamente e le centrammo tutte in mezzo alla fronte; di queste, almeno, c'eravamo liberati.

Ora bisognava scendere e, prima che ci potessero vedere, attirare gli altri allo scoperto.

Sarebbe stato molto più semplice incendiare le tende ma, purtroppo, non sapevamo in quale di esse tenevano i prigionieri, quindi non potevamo correre il rischio di bruciarli vivi.

Ci avvicinammo ancora; arrivati a una cinquantina di metri, notammo, seminascosto dietro una roccia, un camion: ecco, avremmo dato fuoco a quello. Sparammo i proiettili incendiari; subito le fiamme avvolsero il mezzo e si alzò da esso una densa nube di fumo nero, seguita da un violento boato.

Imbracciammo i fucili da assalto, pronti a usarli; nel giro di pochi secondi i talebani uscirono fuori dalle tende, correndo disordinatamente e gridando come dei forsennati.

Facemmo fuoco a ripetizione; quei fucili micidiali non lasciarono scampo a nessuno.

In quel momento pensai che era a causa di un'arma come quella che mio padre e mia madre erano morti.

Scacciai subito dalla mia mente l'immagine dell'auto che saltava in aria, privandomi per sempre dei miei genitori; ora avevo ben altro a cui pensare, ora dovevamo salvare la vita ai nostri due ragazzi prima che un talebano decidesse di ucciderli.

Era indispensabile, infatti, impedire che qualcuno di essi potesse raggiungere i prigionieri ed eliminarli subito per vendicarsi del nostro attacco, e attuare così, almeno in parte, il loro progetto.

Quando ci sembrò che non ci fosse più nessun movimento, ci avvicinammo lentamente nel buio.

Per fortuna, con i raggi infrarossi, potevamo vedere tutto chiaramente.

Contammo dodici cadaveri; improvvisamente da dietro una roccia partì un colpo di fucile.

Vidi cadere Francis all'indietro, corsi accanto a lui: era stordito, ma vivo; l'impatto era stato molto violento ma, per fortuna, il proiettile non aveva trapassato il giubbotto.

"Tutto bene, James" mi sussurrò "non sono ferito".

Ringraziai il cielo, avevo temuto di doverlo riportare indietro morto; adesso, però, era necessario eliminare questo ostacolo che ci impediva di procedere verso le tende.

Ordinai agli altri di coprirmi, quindi corsi zigzagando verso la roccia da cui era partito il colpo; il cecchino si sporse fuori per spararmi, ma io fui più svelto di lui e sparai per primo.

Ora non avrebbe più ammazzato nessuno, potevamo riprendere il nostro cammino.

Avanzammo ancora; da dietro la roccia uscì un altro uomo con le mani alzate.

Ebbi un attimo di indecisione, ma poi pensai che sarebbe stato un problema fare un prigioniero, che Pratter non sarebbe stato contento se glielo avessimo portato, che ne avevamo già le prigioni piene; strinsi i denti, puntai il fucile e premetti il grilletto.

Non è mai facile ammazzare un nemico che si arrende, è una violenza che si fa a noi stessi, ma dovevo farlo, e lo feci.

Oramai eravamo in mezzo all'accampamento; ordinai di controllare, con molta attenzione, che fossero tutti morti.

Avutane la certezza, entrammo finalmente nelle tende.

Nella più piccola trovammo Stivens e Carter; erano seduti per terra, con la schiena appoggiata alla parete, a torso nudo, bendati, imbavagliati e legati mani e piedi.

Dopo esserci assicurati che non fossero feriti gravemente, li liberammo dalle corde, dalle bende e dai bavagli.

Ci guardarono stupiti e felici; probabilmente avevano perso oramai ogni speranza, e si erano già preparati coscientemente a morire.

Ora, l'inaspettata liberazione gli aveva provocato nell'animo un tale stato di incredulità mista a gioia, che scoppiarono, nello stesso tempo, a ridere e a piangere senza riuscire a parlare.

Steve e io ci inginocchiammo accanto a loro e cercammo di calmarli sussurrando dolcemente delle parole che li tranquillizzassero, mentre gli accarezzavamo la testa e il volto, rassicurandoli che era tutto finito e che li avremmo riportati subito in caserma.

Erano sporchi, denutriti, avevano sangue rappreso sul viso e sulla testa; nei polsi e nelle caviglie le corde erano penetrate tanto profondamente che, quando li avevamo slegati, attaccata alle corde era venuta via anche la carne.

Avevano, inoltre, i segni di numerose frustate sul torace e sulla schiena, però erano vivi, ed era questa la cosa più importante; Burtler avrebbe avuto il suo daffare a rimetterli in sesto, ma era un ottimo medico e ce l'avrebbe fatta rapidamente.

Una volta che si furono calmati, chiesi se erano in grado di camminare, mi dissero di sì, che pur di allontanarsi da lì, avrebbero camminato anche sulle ginocchia.

Li aiutammo a risalire fra le rocce e, finalmente, montammo sulle autoblindo; ci allontanammo velocemente, temendo che qualche gruppo di talebani, accampato nei paraggi, e richiamato dal rumore degli spari, potesse piombarci addosso all'improvviso.

Al nostro arrivo in caserma, fummo accolti dagli applausi dei soldati che avevano avuto il permesso di aspettarci alzati.

Pratter si congratulò con noi per la buona riuscita dell'operazione; pensai che l'ultima volta che si era congratulato con me, stava per farmi fucilare, ma quella era un'altra storia oramai superata.

"Colonnello" gli dissi "abbiamo liberato i nostri compagni, ed è stato, tutto sommato, piuttosto facile. Non abbiamo subito perdite, e questo lo dobbiamo esclusivamente alla bravura dei miei ragazzi.

Però ora temo la reazione dei talebani: dobbiamo aspettarci un attacco da un momento all'altro; non è gente da incassare una sconfitta senza reagire.

Vorranno vendicare sanguinosamente la morte di quattordici di loro e anche il fatto di avergli impedito di ammazzare i prigionieri, soprattutto perché volevano dare a questa "pubblica esecuzione" un significato molto particolare.

Se posso permettermi di darle un consiglio, bisognerà intensificare la guardia e raccomandare ai soldati, in caso di attacco, di rimanere calmi e di non perdere il controllo dei loro nervi".

"Sì, Capitano" mi rispose "ha perfettamente ragione, anch'io mi aspetto, purtroppo, una violenta reazione; cercheremo di essere pronti a tutto".

Ci congedò.

Mi recai nell'ospedale per vedere come stavano Francis, Stivens e Carter; Burtler era ancora indaffarato a medicarli.

"Tutto bene" mi disse "Francis ha una costola incrinata, fra una decina di giorni sarà a posto; Stivens e Carter sono un po' malconci, ma nessuna ferita grave, si vede che si lasciavano le cose peggiori per il giorno di Natale.

Per fortuna glieli abbiamo tolti dalle grinfie prima che potessero attuare il loro piano. Efficienti come sempre, vero, James? Il Gatto e la Volpe hanno colpito ancora".

Mi stupii che anche lui sapesse come ci avevano soprannominati; solo noi due ne eravamo rimasti all'oscuro.

Mi chiesi chi era stato il primo a chiamarci così, ma in fondo mi piaceva che tutti considerassero me e Steve una coppia di ferro e poi trovavo divertenti le figure del gatto e della volpe, anche se, in realtà, nel libro non erano personaggi propriamente positivi; tuttavia erano simpatici, e questo mi bastava.

Com'era mio dovere chiamai Fred:

"Capo, li abbiamo liberati, sono salvi".

"Bravi ragazzi, ero certo che ce l'avreste fatta; però ora state attenti, cercheranno sicuramente di vendicarsi".

Dalla sua voce mi accorsi che era seriamente preoccupato.

"Lo so, ci aspettiamo un attacco da un momento all'altro, le farò sapere".

La linea cadde; poco male, intanto quello che c'era da dire, era stato detto, ci saremmo risentiti in seguito.

Passarono un paio di giorni; per fortuna i feriti si stavano riprendendo velocemente e l'umore delle truppe era alto.

Vidi che i soldati erano indaffarati ad appendere festoni e ghirlande natalizie un po' ovunque; questo serviva per sentirsi più vicini ai loro cari, per avere l'illusione che anche lì, a migliaia di chilometri di distanza dalle loro famiglie, avrebbero potuto godere del calore della Festa per eccellenza come se fossero stati nelle proprie case.

Per la prima volta nella mia vita, anch'io sentivo fortissimo il desiderio di festeggiare il Natale accanto a mia moglie, di scambiarci i regali, che onestamente non avevo ancora avuto il tempo di comprare, di darle un bacio sotto l'albero maestoso che Julie aveva preparato con tanto impegno.

Purtroppo, non solo sapevo che non mi sarebbe stato nemmeno possibile sentire la sua voce, ma ero anche molto inquieto perché temevo che, proprio in quel giorno, i talebani avrebbero scatenato su di noi la loro rabbia feroce.

IX

La sera del 24 Dicembre i soldati prepararono con grande impegno il tradizionale cenone, poi improvvisarono un concerto di canti natalizi che riempirono gli animi di una profonda commozione; vidi anche molti occhi riempirsi di lacrime.
Alle undici, nel cortile sul retro della caserma, il Cappellano celebrò la Messa della vigilia.
Finita la cerimonia, prima che gli uomini si disperdessero, chiesi a Pratter di poter dire due parole.
Io non amo parlare, non è la mia specialità, ma ritenni, in coscienza, di doverlo fare.
Il Colonnello Pratter andò al microfono e pregò tutti di restare fermi al loro posto:
"Ragazzi" disse "il Capitano Stewart deve parlarvi, vi esorto ad ascoltarlo in silenzio e con la massima attenzione".
Prima che potessi aprire bocca, sentii levarsi un coro di "Bravo, evviva", seguito da uno scroscio di applausi; feci segno di smettere:
"Vi ringrazio, ma se qualcuno qui merita gli applausi, dovete rivolgerli al mio Secondo, il Capitano Morris, e ai sei vostri compagni che, con grande coraggio, hanno partecipato all'operazione che ci ha permesso di liberare i due prigionieri".
Applaudirono nuovamente.
"Ora, però, devo pregarvi anch'io, come il Colonnello, di rimanere in silenzio e di ascoltarmi attentamente.
Purtroppo ciò che vi dirò non vi piacerà, come non piace a me, ma devo dirvelo lo stesso.

95

Voi sapete che i talebani non lasceranno impunita la strage che abbiamo dovuto fare dei loro uomini, né ci perdoneranno di avergli tolto la possibilità di attuare l'insano e atroce progetto che avevano in mente, cioè di torturare e uccidere pubblicamente i due ostaggi per farne un crudele monito per tutte le truppe straniere.

Temo, perciò, che domani, giorno che per noi occidentali ha un profondo significato religioso e umano, e che essi avevano scelto per giustiziare i nostri compagni, cercheranno di vendicarsi.

Mi aspetto dunque un loro attacco.

Non so quando, né come, ma ho una ragionevole certezza che lo faranno; sono convinto che la loro intenzione sia di attirarci allo scoperto, per poi ucciderci tutti, uno per uno.

Avete presente quando si getta un sasso in un formicaio? Le formiche scappano come impazzite, disordinatamente, da tutte le parti; ed è proprio quello che si aspettano da noi. Per questo vi esorto, qualunque cosa succeda, a mantenere la massima calma e il dominio su voi stessi.

In ogni camerata sono presenti degli Ufficiali; aspettate, prima di compiere una qualunque azione, i loro ordini.

Ricordatevi che, se farete come le formiche, diventerete dei facili bersagli da abbattere.

Penso che non attaccheranno di notte, perché non mi risulta che siano provvisti di attrezzature quali visori a raggi infrarossi, quindi è più facile che ci piombino addosso alle prime luci dell'alba, o addirittura in pieno giorno; siate preparati.

State calmi e cercate di controllare la paura che è sempre una cattiva consigliera e che spesso fa commettere errori irreparabili.

Ora potete andare. Buona fortuna a tutti".

Rimasero un attimo in silenzio, poi mi applaudirono nuovamente. Sentii molti "grazie".

Era tardi, era l'ora di andare a dormire, ma forse nessuno di noi sarebbe riuscito a prendere sonno, con il timore che fra qualche ora ci piombassero addosso i talebani.

Quando fummo nella nostra camera, Steve si sedette sul letto accanto a me.

"Bravo" mi disse "non mi chiedere più di parlare al tuo posto; te la cavi benissimo da solo".

Sorrise, poi ridiventò serio.

"Pensi proprio che ci faranno fare un brutto Natale, vero?".

"Sì, lo penso, è la cosa più logica: noi gli abbiamo impedito di dare, domani, uno spettacolo sulla pubblica piazza ed essi lo spettacolo ce lo daranno qui, a domicilio.

Non si lasceranno scappare questa occasione per far parlare di loro tutto il mondo, e lo faranno in grande stile.

Ti ricordi della strage degli Italiani a Nassiriya? Temo che organizzeranno qualcosa del genere, solo che questa volta non si accontenteranno di far saltare in aria un camion, questa volta ci spareranno anche addosso, ne sono sicuro".

"Perché?".

"Perché allora l'eroismo di un carabiniere ha impedito ai due autisti del camion, uccidendoli, di entrare dentro al cortile della caserma, quindi ha limitato il numero delle vittime che comunque sono state ventotto, più cinquantotto feriti; se fossero riusciti a entrare, i morti e i feriti sarebbero stati molti, ma molti di più.

Per questo non vorranno correre il rischio che succeda di nuovo; vedrai, te lo ripeto, che certamente faranno in modo di entrare e ci spareranno addosso".

Rimase soprappensiero per qualche minuto.

"Ho tanta paura per Julie e per Maureen; cosa succederà se noi dovessimo morire?".

Cercai di scherzare:

"Ma l'hai detto tu, ti ricordi? I nostri Capi ci faranno un bel funerale, degno di due eroi; io aggiungo anche che forse ci daranno una medaglia alla memoria e assegneranno una bella pensione alla mia vedova. Se volevi che dessero una pensione anche alla tua, dovevi sposarti prima".

Rise, ma non era del suo solito umore.

"James, è la prima volta, da quando faccio questo lavoro, che ho paura di non tornare a casa.

Cosa mi succede? E' una premonizione o sto invecchiando?".

"No, Steve, nessuna delle due, ti sei semplicemente innamorato; lo sai bene che anche a me è capitata la stessa cosa.

Finché eravamo soli, dovevamo preoccuparci soltanto per noi stessi, e la morte non ci faceva paura, l'abbiamo sfiorata troppe volte per temerla.

Ma ora abbiamo chi ci aspetta a casa, chi ci ama e soffre per noi. La nostra paura non è di morire, la nostra paura è di farle soffrire".

"Hai ragione, io non voglio che Maureen debba piangere per me".

"E allora fa' in modo di non morire".

Sorrise.

"Farò il possibile".

"Bene, Steve, anch'io. Ora però cerchiamo di dormire, dobbiamo essere perfettamente lucidi quando arriveranno".

Ci coricammo senza nemmeno spogliarci, per essere già pronti in caso di necessità.

Sperai con tutto il cuore di essermi sbagliato, di essere stato troppo pessimista.

Purtroppo non fu così.

Era l'alba quando sentimmo un boato provenire da fuori.

"Merda, avevi ragione, sono arrivati!" Esclamò Steve balzando giù da letto.

Ci alzammo di corsa e ci avvicinammo con cautela alla finestra: un grosso camion aveva sfondato il muro di recinzione, era saltato in aria e ora stava bruciando insieme al suo autista.

Nel muro c'era una larga breccia; sicuramente ci stavano aspettando: non appena fossimo usciti, ci avrebbero sparato da lì.

Mi augurai che i soldati mi avessero dato ascolto e che ora stessero organizzandosi per la difesa.

Afferrammo i fucili da assalto, ci infilammo i caschi e ci precipitammo fuori dalla stanza; i soldati erano ancora tutti dentro la caserma e gli Ufficiali erano impegnati a impartire gli ordini necessari.

Si sentirono degli altri scoppi ravvicinati: i talebani stavano lanciando delle granate e le mura erano crollate in vari punti; da quelle brecce avrebbero probabilmente tentato di entrare per colpirci meglio.

Cercammo Pratter, lo trovammo con alcuni Ufficiali di grado superiore, coi quali stava discutendo sul da farsi; come ci videro, chiesero il nostro parere.

Consigliammo loro di far uscire un gruppo di soldati alla volta, facendoli coprire dai compagni con un fuoco di copertura.

Appena usciti dovevano ripararsi subito dietro ai sacchi di sabbia, ai cumuli di pietre, dietro a tutto quello che poteva rappresentare un riparo sicuro, evitando jeep e camion che, se colpiti, avrebbero potuto esplodere e quindi farli a pezzi.

Steve e io uscimmo col primo gruppo, sparando all'impazzata.

Ci rifugiammo dietro il primo riparo che trovammo e da lì continuammo a sparare, cercando di coprire gli uomini mano a mano che venivano fuori.

Molti talebani incominciarono a entrare dalle brecce dei muri, riuscimmo ad ammazzarne parecchi; i sopravvissuti fecero marcia indietro e fuggirono.

Per il momento sembrò che ce l'avessimo fatta a respingere questo primo attacco.

Poi arrivò un altro kamikaze con un altro camion; lo scoppio fu violentissimo e vedemmo cadere alcuni dei nostri.

Una nube nera di fumo ci tolse il fiato e la vista; i nemici ne approfittarono per entrare in massa.

Scagliammo contro di loro le bombe a mano, loro ci risposero con i proiettili incendiari che appiccarono il fuoco anche dentro alla caserma.

Gridai di andare a spegnerlo prima che bruciasse tutto.

La sparatoria si prolungò per molto tempo, troppo, anche se non riuscii a quantificarlo.

L'aria era diventata irrespirabile; l'odore acre del fumo, della polvere da sparo, quello dolciastro e nauseabondo del sangue e della carne bruciata, ci riempivano i polmoni facendoci girare la testa e togliendoci il respiro.

Il rumore degli spari, delle urla di dolore dei feriti e delle grida di incitamento da ambo le parti ci facevano ronzare le orecchie e quasi scoppiare i timpani.

Vidi cadere molti nemici, ma purtroppo anche molti dei nostri; poi, improvvisamente, gli spari diminuirono e dopo un breve lasso di tempo cessarono del tutto.

Ordinai di non muoversi, di mantenere le proprie posizioni, di rimanere al riparo, perché poteva essere una trappola.

A poco a poco il fumo si diradò e ci permise di guardarci attorno e di respirare meglio.

Quello che vedemmo fu orribile: dappertutto, immersi nel sangue, c'erano i corpi martoriati dei morti e dei feriti.

Dopo tanto frastuono era calato un silenzio opprimente, irreale, interrotto solo dai lamenti degli uomini a terra, colpiti gravemente, che gemevano e imploravano aiuto.

Ci alzammo lentamente e uscimmo allo scoperto; nessuno ci sparò.

Il nemico si era ritirato, la battaglia era finita e avevamo vinto; ora purtroppo era arrivato il triste momento di contare le perdite umane.

Pratter diede ordine di riunire tutti i talebani feriti in un angolo del cortile e di portare i nostri dentro alla caserma.

Non avevamo i mezzi per curarli tutti; ai caduti avremmo pensato dopo: quelli, purtroppo, potevano aspettare.

Mentre i soldati si davano da fare per trasportare i loro compagni feriti, io mi guardai intorno e cercai con gli occhi Steve, ma non riuscii a vederlo da nessuna parte, eppure ero sicuro che fosse sempre rimasto accanto a me; doveva essersi spostato durante la confusione del combattimento, senza che io me ne accorgessi.

Iniziai a sudare freddo, sentii che il cuore mi batteva all'impazzata; l'angoscia mi impediva di respirare come se una mano mi avesse afferrato saldamente alla gola e me la stringesse sempre più forte.

Gridai, con tutto il fiato che avevo, il suo nome, incominciai a cercarlo ovunque, correndo fra le macerie, scostando con le mani le pietre e anche i morti, continuando a chiamarlo, mentre la disperazione cresceva dentro di me...poi all'improvviso lo vidi: era steso per terra, supino, con gli occhi chiusi e le braccia allargate.

Mi precipitai da lui, mi inginocchiai; la sua camicia era completamente intrisa di sangue, sul torace, a sinistra, all'altezza del cuore, era evidente il foro di ingresso di un proiettile.

Gli sollevai la testa, gli tolsi il casco, gli accarezzai il viso, con la mano che mi tremava cercai la pulsazione del collo: la sentii, debolissima, ma la sentii.

Lo scossi, lo scongiurai di aprire gli occhi, di parlarmi, di non lasciarmi, di restare con me.

"James!" Finalmente mi guardò e riuscì a sussurrare affannosamente, con un filo di voce "mi dispiace, James, non volevo morire proprio ora che c'è Maureen, diglielo per favore che l'amo con tutto il cuore..."

Lo abbracciai.

“Non morirai, Steve, te lo prometto, io non ti lascerò morire. Glielo dirai tu quando torneremo a casa”.

Scosse la testa, aprì un paio di volte la bocca cercando faticosamente l'aria.

“Non posso più respirare, non ci riesco più; James, sto morendo, lo so...”

Tossì, fu scosso da un tremito; in un rantolo riuscì ancora a mormorare:

“Dì a Maureen che mi perdoni, non volevo farla soffrire, ti prego, diglielo, e...perdonami anche tu...”

Mi afferrò la mano, mi sembrò che stesse sorridendo, ma forse era solo una smorfia di dolore; poi rovesciò la testa all'indietro e chiuse gli occhi.

Gli accarezzai nuovamente il viso, lo strinsi a me, gli sussurrai:

“Sta' tranquillo, ora ti porto da Burtler, lui ti salverà”.

Ma non poté sentirmi, perché aveva perso conoscenza.

Non riuscii a trattenere le lacrime, che mi sgorgarono dagli occhi tanto copiose da togliermi quasi la vista.

Lo sollevai fra le braccia con uno sforzo sovrumano e incominciai a correre verso la caserma.

Per fortuna mi vide Brown, si precipitò verso di me e mi aiutò a trasportarlo.

Finalmente entrammo; Burtler era sulla porta che smistava i feriti secondo la gravità.

Guardò Steve, gli tastò il collo, gli sollevò una palpebra, poi gridò:

“Presto, correte”.

Arrivati nell'infermeria dell'ospedale, lo adagiammo su di un lettino.

Burtler ci ordinò:

“Spogliatelo, svelti”.

Intanto si infilò rapidamente un paio di guanti, preparò in una bacinella una soluzione disinfettante e prese delle garze sterili.

Con le garze imbevute gli pulì il petto intorno alla ferita; si rivolse a Brown:

"Vai a chiamare di corsa il dottor Ronald, l'anestesista: bisogna operare immediatamente".

Brown scappò via.

"Jonny" gli chiesi senza poter smettere di piangere "dimmi la verità: com'è la situazione?".

"Guarda James" mi indicò la ferita "il proiettile l'ha colpito a meno di un centimetro dal cuore ed è penetrato nel polmone..." mentre parlava vidi che gli misurava la pressione "... provocandogli un pneumotorace: praticamente da quel polmone non respira più. Il sangue continua a uscire, la pressione è bassissima.

Bisogna aprirlo, estrarre il proiettile, arrestare l'emorragia, ripompargli l'aria nel polmone..." prese una flebo di soluzione glucosata e gliela attaccò "...e soprattutto ha bisogno urgente di una trasfusione.

Purtroppo non abbiamo più sangue disponibile.

Fra poco arriveranno un medico francese e uno italiano in nostro aiuto e porteranno anche delle sacche di sangue, ma Steve non può aspettare" prese in mano la sua piastrina, lesse: "A positivo".

Mi guardò:

"Che gruppo hai?".

"0 positivo" gli risposi.

"Bene, abbiamo trovato il sangue. Spogliati e infilati questo".

Mi porse un camice sterile.

Intanto era arrivato Ronald; lo portarono immediatamente in sala operatoria.

"Vieni anche tu" mi disse Burtler.

Li seguii.

Lo stesero su di un lettino; Ronald tolse la soluzione glucosata, gli mise in vena un altro ago a due vie, poi riattaccò la flebo da una parte.

Mi fece togliere il camice, mi fece stendere su di un lettino vicino a quello di Steve, e mi mise in vena un ago attaccato a un lungo tubicino.

Vidi il mio sangue defluire rapidamente; inserì il tubicino nell'altra parte dell'ago che era nel braccio di Steve, poi mi attaccò un misuratore di pressione automatico.

Andò da Steve, gli iniettò l'anestetico nell'altro braccio, attaccò anche a lui un misuratore di pressione e lo intubò.

Dopo un paio di minuti fece segno di sì con la testa.

Burtler disse:

"Bene, è pronto, incominciamo subito. Tu James, calmati e prega".

Con la mano libera strinsi la croce che portavo al collo e pregai quel Dio a cui mi rivolgo solo quando non so più dove sbattere la testa, sperando che mi ascoltasse:

"Signore, io so che tu puoi salvarlo, ti scongiuro, fa' che viva. Mi hai già tolto tante persone che mi erano care; mi hai tolto i miei genitori, mia zia, Raquel, il mio bambino.

Non togliermi anche Steve, per favore, non prendertelo, ho bisogno di lui".

Vidi che Burtler aveva incominciato a incidere la carne; lavorava con molta attenzione, la sua mano era rapida e sicura. Ora era arrivato alle costole, dovette spezzarne due.

Mi sembrava che il tempo non passasse mai.

Chiusi gli occhi, non perché mi facesse impressione vedere l'intervento, tante volte lo avevo aiutato quando non c'era nessuno che potesse farlo, ma perché all'improvviso mi sentii tanto stanco, senza forze, avrei voluto lasciarmi andare al sonno.

Finalmente Burtler esclamò:

"Eccolo qui, passami le pinze".

E dopo un attimo:

"L'ho preso!".

A un tratto sentii una specie di suono; Ronald corse da me, quasi gridò:

"Dobbiamo staccare subito il tubo, non possiamo prelevargli altro sangue, abbiamo già superato di un bel po' la quantità massima; sta collassando!".
Aprii gli occhi con fatica, mormorai:
"No, per favore, io sto bene...lui ha bisogno del mio sangue".
Poi mi sembrò di ondeggiare; Ronald, chino su di me, disse:
"Steve sta meglio, la sua pressione si è stabilizzata, invece la tua sta scendendo rapidamente, troppo..."
Ma la sua voce mi arrivò molto lontana; in realtà avevo l'impressione che tutto ciò che mi circondava si stesse lentamente allontanando da me...o forse ero io che mi stavo allontanando da tutto.
Improvvisamente mi parve di entrare in un banco di nebbia; intravvidi delle ombre accanto a me, di certo Burtler e Ronald che si erano precipitati in mio aiuto.
Mi giunse la voce ovattata di Ronald che gridava rivolto a Burtler:
"Presto, Jonny, lo stiamo perdendo!".
Incominciai a galleggiare nell'aria.
Sentii l'ago uscire dalla mia vena, qualcosa che mi schiacciava il petto con violenza; poi il buio mi avvolse completamente.

X

Ebbi l'impressione che qualcuno mi chiamasse da molto lontano, cercai di rispondere, ma non riuscii a parlare, mi sembrava di essere sott'acqua, di avere anche la bocca e i polmoni pieni di acqua.

Mi sforzai di riemergere, di mettere la testa fuori, di respirare, tossii.

Risentii la stessa voce, più vicina ora:

"James, svegliati, coraggio, puoi parlare?".

"Sì" riuscii a sillabare.

Aprii gli occhi, misi a fuoco: accanto a me c'era Burtler.

"Sei tornato!" Esclamò.

"Che ora è?".

"Sono le otto del mattino".

Rimasi stupito. Come le otto? Ma se l'attacco era iniziato alle cinque, come potevano essere passate solo tre ore? E poi, cosa era successo? Perché ero lì? Ma lì dove?

Burtler si rese conto del mio disagio:

"Tranquillo, James. Sono le otto del giorno dopo, abbiamo fatto in modo che vi faceste una bella dormita; era indispensabile per voi.

Avete dormito quasi ventidue ore".

Mi ricordai improvvisamente tutto; l'angoscia mi attanagliò la gola, mormorai:

"Steve... dov'è? Per favore, Jonny, come sta Steve?".

"Guarda" si spostò di lato.

Lo vidi: era coricato nel letto accanto al mio; dopo qualche secondo, realizzai che eravamo nella nostra camera.

Burtler mi fece una carezza sulla testa.

"Sta bene, si sta riprendendo, le sue funzioni vitali si sono stabilizzate. Com'è la vita, eh James? Avevamo appena riacciuffato per i capelli lui e stavamo per perdere te.
Hai avuto un collasso: troppo stress, troppa fatica, troppo il sangue che ti abbiamo tolto...ma ne avevamo bisogno. La tua pressione è crollata all'improvviso....il tuo cuore si è fermato, abbiamo dovuto farti un massaggio cardiaco... ma tutto è bene quel che finisce bene.
Certo che ci avete fatto fare una bella sudata, fra tutti e due".
Mi misurò la pressione, mi auscultò.
"Sei a posto, ancora un po' debole, ma a posto".
Riportai lo sguardo su Steve: era pallido, dormiva ancora, aveva i tubicini per l'ossigeno nel naso, la flebo attaccata a un braccio e, all'altro braccio, il misuratore di pressione automatico; dal torace gli partiva il tubo del drenaggio, intorno al letto avevano sistemato delle sbarre per evitargli di cadere, in caso si fosse mosso.
Abbassai gli occhi: alla sponda del letto era attaccato il sacchetto per raccogliere l'urina.
Burtler seguì il mio sguardo.
"Per forza, un catetere era indispensabile, non potevamo mica lasciarvi quasi un giorno senza urinare".
Avevo capito bene, aveva detto: "lasciarvi". Istintivamente guardai se anche dal mio letto pendeva lo stesso sacchetto.
"Non c'è, James" disse Burtler sorridendo "te l'ho tolto prima di svegliarti, non ti serve più. Ti ho tolto anche la flebo, sei libero di muoverti".
Tirai un sospiro di sollievo; con un piccolo sforzo mi misi a sedere.
"Vorrei alzarmi, farmi una doccia".
Provai a mettere i piedi giù dal letto, ma ebbi un violento capogiro.
Burtler mi corse accanto.
"Cosa fai? Aspetta, calma, vuoi svenire e spaccarti qualcosa? Siediti, riproviamo fra poco".

Mi risedetti; dopo una decina di minuti mi si accostò, mi misurò nuovamente la pressione, poi mi prese per le braccia: "Coraggio, riproviamo".

Riprovai e le cose andarono meglio, anche se non ero ancora del tutto sicuro sulle gambe; Burtler mi sorresse.

"Vieni, ti aiuto io".

Mi diede una mano ad alzarmi e mi accompagnò fino in bagno, aprì il rubinetto della doccia, mi sostenne mentre mi infilavo sotto il getto dell'acqua, tirò fuori l'accappatoio.

"Ecco, lascio la porta aperta, così siamo più tranquilli; se hai bisogno chiamami, io mi fermo ancora un po' qui, do una ricontrollata a Steve e poi ti devo parlare. Appena hai finito vengo a metterti l'accappatoio.

Ah, dimenticavo, ho mandato le vostre divise e la vostra biancheria in lavanderia".

Aveva pensato proprio a tutto.

Dopo la doccia mi sentii decisamente meglio. Ritornai in camera appoggiandomi al suo braccio; vidi che nel frattempo aveva preso dal mio armadio della biancheria pulita, una tuta e le aveva posate sul letto.

Mentre mi vestivo, gli chiesi del giorno prima:

"Cosa è successo in conclusione? Le nostre perdite?".

"Tutto sommato ci è andata ancora bene; abbiamo avuto diciotto morti e trenta feriti, alcuni gravi, ma nessuno in pericolo di vita. Poteva andare molto peggio.

Ma torniamo a voi due.

Vi abbiamo tenuti giù sotto monitor fino all'alba, poi vi abbiamo portati nella vostra camera, invece che in infermeria, perché lì non c'era più posto.

Qui siete tranquilli, non vi disturba nessuno; solo, ho un favore da chiederti, ora che hai ripreso le forze. Se te la senti, dovresti occuparti di lui, insomma fargli da infermiere.

So che hai fatto un corso da paramedico e che hai preso il diploma, ti ho visto all'opera tante volte e mi fido di te.

Naturalmente io verrò il più spesso possibile e ti darò tutte le indicazioni necessarie. Cosa ne dici?".

"E me lo chiedi, Jonny? Lo farò ben volentieri.

Un'altra cosa vorrei sapere, se non ti dispiace; quante sono state le perdite dei talebani? Cosa ne avete fatto dei loro feriti?".

"Abbiamo contato trentanove morti, più, naturalmente, i due kamikaze, di cui non abbiamo potuto recuperare niente; i feriti erano quindici.

Pratter ha telefonato a Kabul, al Ministro, e la Polizia è venuta a prenderseli tutti; ora è un problema che riguarda solo loro.

Per quel che riguarda Steve, invece, lo lascio dormire ancora qualche ora, poi a mezzogiorno torno a togliergli la flebo e a svegliarlo; per il momento tu devi solo controllarlo.

Se la pressione dovesse calare o salire troppo, il misuratore farà una specie di fischio; in quel caso mi chiamerai subito".

Mi diede il numero del suo cellulare.

"Fa' anche attenzione che non cerchi di strapparsi l'ago, i tubi vari, potrebbe provocarsi delle ferite; se vedi che si agita, cerca di tenerlo fermo e di bloccargli le mani.

Se è necessario, ci sono delle cinghie attaccate alle sbarre: legagliele con quelle.

Ora vado a visitare gli altri feriti. Per qualunque problema, chiamami".

Uscì di corsa.

Mi presi una sedia e la sistemai accanto a Steve; mentre lo guardavo, mi ricordai che c'era qualcuno che dovevo ringraziare:

"Signore" pregai mentalmente "grazie di averlo salvato. Ti sarò riconoscente per tutta la vita".

Mi venne anche in mente che dovevo chiamare Fred; certamente aveva già saputo dell'attacco, ma era mio dovere parlargli personalmente.

Feci il numero, mi rispose subito.

"Salve Signore, penso che sappia già quello che è successo. Mi scusi se non l'ho chiamata prima, ma proprio non mi è stato possibile".

"Alla buon'ora, James! Purtroppo so molto poco, perché tutte le comunicazioni telefoniche si sono interrotte e solo un'ora fa ho potuto parlare con Pratter. Il resto l'ho saputo dalla televisione..."

Santo cielo, la televisione! Pensai a Julie, che aveva capito che partivamo per l'Afghanistan.

Chissà come si era spaventata nel sentire dell'attacco dei talebani e che c'erano stati morti e feriti. Povera Julie!

Intanto Fred continuava:

"James, mi ascolti?".

"Mi scusi, Capo, non la sentivo più, ci sono problemi di linea. Diceva?".

"Dicevo che stamane alla televisione hanno fatto un servizio su di voi, hanno fatto vedere i camion che bruciavano ancora, le mura in parte crollate, i soldati che raccoglievano i feriti... Un disastro.

Pratter mi ha detto che la battaglia è durata parecchie ore, che avete avuto diciotto caduti e trenta feriti, ma era molto agitato e non mi ha dato particolari, mi ha riferito solo che voi siete vivi. Vuoi darmeli tu, per favore?".

"Sì, quello che ha visto e sentito è tutto vero. Purtroppo, come temevo, la reazione dei talebani è stata violenta; la battaglia è durata circa cinque ore, ed è stata particolarmente sanguinosa. Noi siamo vivi, ma...Steve è stato ferito molto gravemente, abbiamo rischiato di perderlo..."

Qui la voce mi si incrinò, mi fermai un attimo, poi ripresi:

"Jonny è stato bravissimo, l'ha operato subito ed è riuscito ad estrarre il proiettile che gli aveva bucato un polmone. Aveva perso molto sangue, era privo di conoscenza...ho avuto paura che morisse" la voce mi si incrinò nuovamente "ora dorme, è ancora sotto sedativi. Jonny mi ha detto che verrà a svegliarlo a mezzogiorno...Ce la farà..."

Non riuscii più a parlare.

Fred se ne accorse, stette un attimo in silenzio, poi mi chiese con un tono preoccupato e dolce contemporaneamente:

"Tu come stai, James?".

Mi feci forza.

"Bene, Signore, io sto bene, stia tranquillo, sono solo un po' stanco, ma sto bene".

"D'accordo, James, dammi notizie".

Non ebbi il coraggio di dirgli che a momenti morivo anch'io. Né per lui, né, soprattutto per Luise che ne avrebbe sofferto molto.

Rimasi seduto su quella seggiola a guardare Steve finché non tornò Burtler.

Per fortuna non era successo niente, la pressione si era mantenuta costante, e lui era rimasto calmo.

Burtler lo visitò, poi gli tolse la flebo.

Aspettò una decina di minuti, quindi incominciò a chiamarlo, come aveva fatto con me.

Gli diede qualche schiaffetto sulle guance, continuò a pronunciare il suo nome, fino a quando, finalmente, Steve aprì gli occhi.

Si guardò intorno, mi vide e con un filo di voce, mi chiese:

"Ciao, James, sono vivo, o siamo morti tutti e due?".

Burtler gli rispose:

"Siete vivi, va tutto bene; è quasi impossibile ammazzare due impiastri come voi, nemmeno i talebani ci sono riusciti! Come ti senti?".

"Come se mi fosse passato addosso un carrarmato, ma nell'insieme non male".

Burtler sorrise:

"Allora, ascolta, ti ho tolto la flebo con dentro i sedativi, quindi è probabile che tu questa notte abbia dolore, anche molto forte. Lascio a James un paio di fiale di analgesico, se sarà necessario te le farà; e tu non discutere.

Voglio che tu abbia ben chiaro il quadro completo della situazione: sei stato colpito dal proiettile di un fucile, un centimetro più in su e non saremmo qui a parlarne.

Quando James ti ha portato da me, eri incosciente, pressione sotto i piedi, una vasta emorragia.

Ti abbiamo operato subito; il proiettile ti aveva bucato un polmone, per questo non riuscivi più a respirare. Per estrartelo ho dovuto spaccarti due costole, ti faranno molto male per almeno un mese, ma ritengo che sia il problema minore.

James ti ha donato il suo sangue, ne avevi urgente bisogno; gliene abbiamo tolto un po' troppo, ha avuto un collasso e a momenti lo perdevamo.

Sono stati minuti difficili, il suo cuore si era fermato, ma per fortuna, con un massaggio cardiaco, siamo riusciti a ristabilizzare rapidamente anche lui e, come puoi constatare tu stesso, è vivo e vegeto.

Ora hai bisogno di riposo, la ripresa sarà lenta.

Per un paio di giorni ancora ti lascerò sotto flebo e non ti potrai muovere da letto. Dopodomani, secondo come starai, proverò a farti alzare.

Il resto si vedrà giorno per giorno.

Ti affido a James, sarà il tuo infermiere e il tuo Angelo custode. Devi lasciarti fare tutto quello che gli ho scritto".

Tirò fuori dalla tasca un foglio e me lo consegnò.

Si rivolse nuovamente a Steve:

"Spero che ti sia tutto ben chiaro. Ricordati che i primi giorni sono fondamentali per una buona ripresa, quindi non cercare di sprecare energie, di affrettare i tempi, devi avere molta pazienza.

Valuta che sei vivo per miracolo, non abusare troppo della benevolenza del Padreterno.

Conoscendoti, ti ribadisco che questo è un ordine; io sono un tuo Superiore, James è il Comandante dell'operazione: sei in trappola, sei fra due fuochi, non puoi fare altro che obbedirci.

Ti rimetto una flebo, sarà il tuo pranzo e la tua cena, qui dentro c'è il nutrimento che ti serve per tutta la giornata".
Prese il flacone che aveva portato e lo collegò all'ago.
"Ora torno dagli altri feriti, sono tanti e hanno bisogno di me; ci vediamo più tardi. Tu, James, continua a controllarlo; prendigli anche la temperatura, è probabile che abbia un po' di febbre.
Nella flebo ci sono gli antibiotici, quindi è coperto da possibili infezioni. A dopo".
Andò via nuovamente di corsa, aveva una trentina di ragazzi feriti che lo aspettavano.
Steve aveva ascoltato in silenzio, aveva inarcato le sopracciglia solo quando aveva sentito che ero stato male anch'io.
"James" mi chiese "è vero che hai rischiato di morire anche tu?".
"Ma no, Jonny ha esagerato, ho solo avuto un piccolo svenimento, un calo di pressione. Tutto qui. Comunque ora sto benissimo..."
Mi interruppe:
"Hanno dovuto farti il massaggio cardiaco..."
Mentii:
"E' stata solo una precauzione, mi sarei ripreso anche senza; ora però basta parlare di me, pensiamo a te".
Presi il foglio che mi aveva lasciato Burtler e incominciai a leggere:
"Ore sette: Svegliarlo, lavarlo, rasarlo. Controllare pressione e temperatura.
Attaccare Flebo......"
Continuava tutto l'elenco delle cose che dovevo fare, fino alla sera, e finiva con:
"Ore ventuno e trenta: Spegnere le luci e dormire. In caso di dolore forte, fargli una fiala di analgesico".
Era da Jonny, preciso fino all'esagerazione.

Tutto sommato il mio compito era molto semplice; Steve mi guardò preoccupato.

"Cosa devi farmi?" Mi chiese.

"Niente di particolare, sta' tranquillo, praticamente devo solo starti accanto".

Mi avvicinai a lui, gli feci una carezza sulla testa.

"Mi hai fatto prendere un bello spavento; questa volta ho temuto di dover rientrare a casa da solo. Come avrei fatto senza di te?".

"Già, il gatto sarebbe rimasto senza la volpe; si sarebbe dovuta riscrivere la storia".

Sorrise, poi continuò a parlare:

"Anch'io, sai, ho creduto veramente che questa fosse la fine. Dicono che quando si sta per morire, in un attimo si rivive tutta la vita: mi è successo qualcosa del genere.

Mi sono passati davanti agli occhi tanti momenti che avevamo vissuto insieme, belli, brutti, allegri, tristi, come in un film accelerato e avvolto nella nebbia; l'ultimo fotogramma eri tu chino su di me che mi chiamavi.

Poi non mi ricordo più nulla, mi sembra di averti parlato di Maureen, ma tutto sfuma nella mia mente".

Annuii.

"Mi hai chiesto di dirle che l'amavi con tutto il cuore, e io ti ho risposto che glielo avresti detto tu di persona. Come vedi avevo ragione".

"Dimmi la verità, James, ci credevi veramente che sarei sopravvissuto?".

"Dovevo crederci, non potevo fare altro, anche per non cadere nella disperazione. Comunque ho pregato, ho pregato con tutta la fede di cui sono stato capace.

Non so se sia servita la mia preghiera, però tu sei qui, ed è quello che conta".

Steve aprì una mano, capii e gliela strinsi; mi sorrise.

"Grazie, fratello mio, grazie di tutto".

"Dovere!" Gli risposi.

In quel momento bussarono alla porta ed entrò un soldato con un vassoio; era il mio pranzo.

Steve cercò di allungare il collo per vedere cosa mi avevano mandato: pollo arrosto con patate.

Annusando il profumo che proveniva dal mio piatto e facendo il broncio come un bambino, esclamò:

"Ho fame!".

"Stai già mangiando, hai tutto nella flebo".

"Ma io ho fame di cose un po' più saporite".

"Mi dispiace, se potessi te ne darei, ma proprio non posso. Quando starai bene, ti prometto che andremo al ristorante noi due insieme per festeggiare; comunque dopodomani penso che porteranno qualcosa di più consistente anche a te".

Sbuffò:

"Dopodomani! Ho tempo di morire di fame".

Mi misi a ridere e non risposi.

Dopo un po' mi accorsi che si era addormentato.

Accostai leggermente le tapparelle, mi sedetti accanto a lui e lo guardai; mi sembrava un ragazzo, il ragazzo che avevo conosciuto più di diciotto anni prima e col quale avevo trascorso la maggior parte della mia vita.

Sinceramente, non sapevo se avrei potuto sopportare di perderlo; per fortuna era ancora con me.

Dormì quasi fino a sera, nel frattempo gli controllai la pressione e la temperatura; non se ne accorse nemmeno.

Si svegliò completamente quando ritornò Burtler.

"Com'è andata?" Mi chiese "Ha avuto dolori? E' stato calmo?".

Gli risposi che aveva dormito sempre, senza mai lamentarsi.

Annuì e posò una flebo sul tavolino.

"Questa è per domani mattina. Ora gli stacco quella che ha, intanto è quasi finita, così può dormire più tranquillo.

Stacco anche il misuratore automatico della pressione, ti lascio un apparecchio normale".

Poi lo visitò, e volle visitare anche me, "per sicurezza" mi disse.

"Bene, ragazzi, va tutto bene. Tu James, sei più sano di prima, e tu Steve, lo sarai presto, è solo questione di tempo.

James, se ti accorgi che soffre, fagli una fiala di analgesico, anche se lui non te la chiede, è stupido soffrire inutilmente. Io vado, buonanotte".

Rimanemmo ancora un po' a chiacchierare, parlammo di Julie e di Maureen, del nostro desiderio di rivederle, di stare con loro.

A un certo punto mi accorsi che i lineamenti del suo viso erano contratti.

"Stai male?" Gli chiesi "Hai dolori forti?".

Cercò di minimizzare:

"Un po', ma posso resistere".

Mi alzai e andai a preparare la siringa con l'analgesico; quando mi vide arrivare, mi disse:

"Che intenzioni hai?".

"Di farti un'iniezione, naturalmente".

"Sei sicuro di saperla fare?".

"Steve, per favore, non fare il bambino, sai bene che ho preso anche un diploma da paramedico. Dai, coraggio, è inutile stare male quando se ne può fare a meno; hai sentito quello che ha detto Jonny?".

Mi avvicinai.

"James, non sto poi così male, semmai più tardi".

"No, te la faccio ora, subito. E' un ordine, Capitano Harris".

Sospirò:

"Obbedisco".

Gli feci l'iniezione.

Dopo dieci minuti i suoi lineamenti si distesero e si addormentò.

Dormì tranquillo tutta la notte, e anch'io riuscii a dormire qualche ora.

XI

L'indomani mi alzai alle sei e mezza per preparare tutto quello che mi serviva, poi alle sette lo svegliai.

Gli misurai la pressione e la febbre; tutto normale, fortunatamente.

Andai a prendere un catino di acqua saponata, dei guanti, una spugna e degli asciugamani.

Presi anche un telo gommato, che Burtler mi aveva fatto portare.

Quando mi vide arrivare con tutti quegli aggeggi, mi chiese:

"Che cosa vuoi fare?".

"Lavarti, mi sembra evidente".

"Ma James, non sono mica un neonato a cui si fa il bagnetto".

"Steve, è possibile che con te si debba combattere per qualunque cosa? Non sei un neonato, è vero, ma è come se lo fossi. Finché non sarai in grado di autogestirti, penserò io a tutto, anche a farti il bagnetto. D'accordo?".

"Sì, mammina" mi rispose.

Bene, stava riacquistando il suo humor.

Con grande sforzo gli passai sotto il corpo il telo gommato, poi lo lavai, lo asciugai, lo rasai e lo pettinai. Mi sembrava veramente di avere un bambino da accudire e provai una grande tenerezza.

Quando ebbi finito, gli attaccai la flebo.

"Ecco serviti colazione, pranzo e cena. Spero che siano di suo gradimento, Signore".

Mi fece una smorfia:

"Non hai proprio pietà di me, mi giri, mi rigiri, mi sbatacchi, mi pungi, mi fai morire di fame e mi prendi anche in giro; te ne approfitti perché non mi posso difendere".

“Ebbene sì, sono un sadico, lo faccio apposta per vederti soffrire; ora sei alla mia mercé e non puoi più sfuggirmi, rassegnati”.
Sorrise.
“E non posso nemmeno ridere, perché mi tira la ferita!”.

La mattinata passò tranquilla, poi, un po' prima di mezzogiorno mi chiamò Fred.
Non avevo ancora detto “Pronto” che mi tuonò la sua voce nelle orecchie:
“James, possibile che io debba sempre sapere le cose dagli altri?”.
Feci finta di non capire e gli domandai:
“A cosa si riferisce, esattamente, Signore?”.
“Perché non mi hai detto che sei stato male e che a momenti ci lasciavi la pelle anche tu?”.
“Perché non mi sembrava importante, oramai stavo benissimo e non volevo farla preoccupare più del necessario”.
Alzò la voce:
“Sei un incosciente, James, sai bene che a me devi dire tutto quello che succede, parola per parola, tutto, sempre; mi hai taciuto addirittura che hai avuto un arresto cardiaco...”
Lo interruppi:
“Mi scusi, Signore, ha ragione, la prego di perdonarmi. Se posso permettermi, da chi l'ha saputo?”.
“Da Jonny, credeva che tu me l'avessi detto, così stamani, quando gli ho telefonato per avere notizie dei feriti e di Steve, ha accennato anche al tuo malore.
Appena ha capito che io non ne sapevo niente ha cercato di cambiare discorso, ma gli ho ordinato di raccontarmi per filo e per segno l'accaduto, e ha dovuto obbedire”.
“Allora le avrà confermato anche che adesso sto benissimo, che sono in piena forma, quindi vede che non era necessario che la facessi preoccupare?”.
Sbuffò:

“Benedetto ragazzo, ma non la smetterai mai di farmi prendere degli spaventi? Beh, ora cercate tutti e due di rimettervi velocemente, qui c'è un sacco di lavoro che vi aspetta, vedete di darvi una smossa”.
“Ce la metteremo tutta, stia tranquillo, è quello che vogliamo anche noi. Signore, vorrei chiederle un favore, se è possibile”.
“Sentiamo”.
“Potrebbe far sapere a mia moglie che stiamo bene? Solo questo. Può farlo?”.
“Non dovrei, ma data la situazione, sì, lo farò”.
“Grazie Capo. Buona giornata”.
“Anche a te, figliolo, e salutami Steve”.
Meno male, almeno Julie e Maureen si sarebbero messe tranquille.
Poco dopo arrivò Burtler.
“Mi dispiace, James, ho parlato con Fred e ho dovuto raccontargli tutto”.
“Lo so, mi ha già chiamato, nessun problema”.
Annuì, poi guardò Steve.
“Eccolo qui il nostro ragazzo, pulito, sbarbato e profumato come un bebè”.
Steve sospirò:
“Lo vedi, James, anche lui mi considera un neonato”.
Burtler rise.
“Ma lo sei, se ci pensi bene. Due giorni fa eri quasi morto, poi sei praticamente rinato e quindi vedi che i conti tornano”.
“Anche James era “morto”, allora anche lui è un neonato” ribatté.
“Sì, è vero, ma lui è ricresciuto rapidamente, tu no, tu hai ancora bisogno di tempo e di cure”.
Steve scosse la testa.
“Ho capito, siete tutti contro di me”.
Si lasciò visitare facendo finta di tenere il broncio, si lamentò perché aveva fame e perché tutti quei tubi da tutte le parti gli davano fastidio.

Burtler gli rispose che era sempre il solito rompiscatole, e che comunque l'indomani lo avrebbe liberato da tutto; quella sera stessa, al suo ritorno, gli avrebbe già tolto ossigeno e flebo.

Nel pomeriggio vidi dalla finestra che i soldati avevano ripulito il piazzale dai resti della battaglia e stavano ricostruendo i pezzi delle mura che i talebani avevano abbattuto.
Tutto stava a poco a poco ritornando alla normalità.
Burtler fu di parola, quella sera liberò Steve dall'ossigeno e dalla flebo.
"Ora non ne hai più bisogno, le tue funzioni vitali sono quasi perfette. Domani anche gli altri tubi spariranno, e potrai incominciare a muoverti. Questa notte, però, James ti farà un'altra iniezione di analgesico, così potrai dormire tranquillo. D'accordo?".
Steve fece segno di sì con la testa, anche se non sembrava molto contento, ma si sa, come sempre gli ordini non si discutono.
Sospirò nuovamente quando mi portarono il vassoio con la cena, guardandomi con degli occhi imploranti che finsi di non vedere.
"Fammene assaggiare un pezzettino, ti prego, sii buono, un pezzetto piccolo, piccolo".
Mi fece quasi pena, ma dovetti rifiutare; lui annuì e assunse l'espressione di un cane bastonato.
Prima di chiudere le luci si lasciò bucare senza lamentarsi e dormì serenamente tutta la notte.

L'indomani ci fu di nuovo il rito del "bagnetto" ma, stranamente, mi permise di fare il mio lavoro senza opporre nessuna resistenza.
Burtler mi aveva consegnato anche una scatola con sei fiale di antibiotico: una ogni mattina per sei giorni.

Quando Steve mi vide arrivare con la siringa in mano, mi guardò storto.

"E ora questa che cos'è?".

"L'antibiotico".

Sbuffò, poi si arrese.

Un soldato ci portò la colazione; questa volta c'era un vassoio anche per lui.

Non che fosse entusiasta della tazza di tè e delle due fette biscottate che si trovò davanti, ma la fame fu più forte del suo spirito critico e spazzolò tutto.

Burtler arrivò prima del solito, sfasciò la ferita, controllò la cicatrizzazione, gli mise un bendaggio più leggero, gli tolse il catetere e il drenaggio.

"Ora che ti ho liberato da tutte le "appendici" vediamo se riusciamo a metterti in piedi".

Lo prendemmo uno da una parte, uno dall'altra e, molto lentamente, lo mettemmo seduto sul letto.

Dopo dieci minuti gli misurò la pressione: perfetta.

Ancora molto lentamente gli facemmo appoggiare i piedi per terra e lo guidammo nei primi passi.

"Vedi, sempre come un bambino" disse Burtler.

Ebbe un piccolo capogiro, del tutto normale; dopo avergli infilato un pigiama, lo portammo fino a una poltrona che era posizionata di fianco alla finestra, e lo facemmo sedere.

"Bene, ora resta qui buono, poi, dopo pranzo, prima di un riposino, James ti porterà in bagno e ti farà fare qualche passo nella stanza.

Ricordati che tutto va fatto per gradi, senza stancarti; ti proibisco nel modo più assoluto di alzarti e di andare in bagno da solo. Potresti ancora avere un giramento di testa e cadere. Non fare sciocchezze".

Steve promise, poi:

"Jonny, quando potremo tornare a casa?" Chiese.

"Non lo so, dipenderà dalla ripresa dei prossimi giorni. Se tutto procederà bene, penso fra una settimana o poco più, sempre che tu possa essere accudito come qui, almeno ancora per una decina di giorni".

"Nessun problema, Jonny" gli dissi "a quello penserò io. Lo porterò a casa mia e lo seguirò come faccio adesso".

"Steve, ringrazia il cielo di averti messo vicino un amico così!" Esclamò Burtler "Sei fortunato. Bene, questa sera torno a controllarti".

Rimasti soli, presi una sedia e mi sedetti vicino a lui.

"Come ti senti? Sei contento di poter di nuovo camminare?".

"Sì, certo che sono contento, soprattutto pensando che a quest'ora dovrei essere già sotto terra o in una cella frigorifera in attesa di "rimpatrio".

Ma dimmi, James, sinceramente, sei sicuro di volermi portare a casa tua? Non darò fastidio a Julie?".

"Ma stai scherzando Steve? Julie ne sarà felice, e poi faremo venire anche Maureen; però guarda che non potrai strapazzarti, hai sentito cosa ha detto Jonny? Facciamo una cosa: per tranquillità, io dormirò con te, e Maureen con Julie, così sarò sicuro che non farai sciocchezze".

Storse la bocca.

"E così io morirò di desiderio".

"Meglio morire di desiderio che di un'emorragia interna. Pensa se, per uno sforzo, la ferita si riaprisse! Ti rendi conto che il proiettile ti ha bucato un polmone? A proposito, tienilo per ricordo".

Gli diedi il proiettile che Burtler gli aveva estratto e che mi aveva consegnato.

Lo guardò attentamente, rigirandoselo fra le mani per un po', quindi commentò:

"Però, mica male, è proprio bello. Lo terrò come portafortuna".

La giornata trascorse serena; all'ora di pranzo gli portarono una minestrina con un contorno di verdure bollite. Naturalmente si lamentò, ma poi mangiò tutto avidamente.

Stesso menù per la cena, stesse lamentele.

Non ebbi bisogno di fargli un analgesico, perché, per fortuna, si addormentò subito e dormì tutta la notte.

La mattina dopo lo svegliai; dopo l'antibiotico l'aiutai ad alzarsi e lo portai in bagno.

“Niente bagnetto oggi?” Mi chiese.

“No, niente bagnetto, oggi ti faccio la doccia”.

“Posso farmela anche da solo”.

“No, non puoi. Hai sentito cos'ha detto Jonny? Non devo lasciarti nemmeno per un istante”.

“Ma James, non sono mica un bambino, sono un uomo”.

Annuii sorridendo.

“Lo so che sei un uomo, me ne sono accorto. Certo che se tu fossi una donna, farti la doccia sarebbe molto più divertente e più piacevole per tutti e due, ma ci accontenteremo.

Ora stammi bene a sentire, e ficcatelo in testa: finché non sarò certo che tu sia in grado di gestirti senza correre pericoli, senza cadere, svenire e cose del genere, non ti mollerò un attimo, sarò la tua ombra.

Quindi smettila di fare resistenza su tutto, lasciati andare, fidati di me. E poi questo è un ordine; chiaro Capitano?”.

“Chiaro Signore, lei comanda, io obbedisco”.

Gli fasciai completamente il torace con la pellicola per alimenti che Burtler aveva portato insieme a tutto quello che mi serviva per curarlo.

“Cosa stai facendo? Mi hai preso per un pollo?” Mi chiese.

“Cerco di impedire che le bende si bagnino” gli risposi.

Assentì e si lasciò fare la doccia senza dire una parola.

Nei giorni seguenti tutto filò liscio.

Mano a mano che riacquistava le forze, diminuiva anche la sua voglia di protestare; si lasciava fare tutto quello che dovevo fargli.

Direi che il nostro legame, già fraterno, divenne ancora più solido, più stretto, più profondo.

Lo stare insieme ventiquattro ore su ventiquattro, senza separarci mai nemmeno per un istante, la dipendenza che era

costretto ad avere nei miei confronti e la cura che avevo io nei suoi, il fatto che gli facessi praticamente da "madre" creò fra di noi una confidenza e un affetto sempre più forti.
Quando glielo feci notare, mi rispose:
"Per forza, ora che anche il nostro sangue si è mescolato, siamo diventati inseparabili, quasi una sola persona".

La notte del 31 i soldati fecero festa, cercando di gettarsi alle spalle il dolore e l'angoscia che aleggiavano nella caserma dal giorno di Natale.
Mi chiesero se volevo scendere a brindare con loro; dissi che dovevo restare con Steve, ma che saremmo stati presenti entrambi col cuore e col pensiero.
Poco prima di mezzanotte, Burtler portò una bottiglia di champagne e, strappo alla regola, concesse persino al convalescente di berne un dito.
Ci trasmise anche gli auguri di tutta la squadra, a cui aveva proibito tassativamente di irrompere nella nostra stanza, come avrebbero voluto, per non affaticarci eccessivamente.
Seppi poi che avevano fatto un brindisi molto commovente in onore di tutte le vittime dell'attentato, nominando uno a uno i compagni caduti e rivolgendo a ciascuno alcune parole di elogio, come se fossero stati lì, vivi, in mezzo a loro; alla fine avevano brindato a tutti i feriti, augurando una pronta guarigione, e anche a Steve e a me, ringraziandoci per ciò che avevamo fatto.

Una settimana dopo, Burtler venne a darci una bella notizia:
"Ragazzi, quando volete tornare a casa, io sono pronto a firmare il foglio di dimissioni.
Però ricordatevi quello che vi avevo detto: per dieci giorni almeno, tu, James, dovrai occuparti di lui come stai facendo ora, e tu, Steve, dovrai pazientare e lasciarti accudire.
Guai se si mollasse anche solo un piccolo punto.

Superficialmente la ferita si è chiusa perfettamente, ma dentro hai un tale ricamo, che, se sottoposto a uno sforzo, potrebbe sanguinare; vediamo di evitarlo.

Un'altra cosa: naturalmente per i prossimi dieci giorni niente donne, è chiaro?".

"Ci penso io" lo assicurai "siamo già d'accordo, dormiremo insieme; piuttosto adesso chiamo Fred e gli chiedo quando possiamo partire. Grazie di tutto, Jonny".

"Dovere" mi rispose.

Telefonai subito a Fred:

"Signore, siamo pronti per rientrare, mi dica quando e come".

Sentii che era contento:

"Domani mattina vi faccio riportare a casa; chiamo Pratter e lo avviso di far preparare un aereo per le otto di domani".

"Bene, Capo. Però devo dirle una cosa che probabilmente non le farà piacere.

Per almeno dieci/quindici giorni non potrò lasciare Steve nemmeno per un minuto, quindi non potrò riprendere il Corso. Lo so che così lei è scoperto, ma non posso fare altrimenti.

Se mi permette di darle un suggerimento, potrebbe far approfondire dagli altri istruttori le loro discipline, poi le prometto che, al mio ritorno, terrò io tutti e tre i Corsi: il mio, quello di Steve e quello di Richardson, mi scusi, di Parker, e raddoppierò le ore delle lezioni della mia materia, anche se dovessi lavorare tutto il giorno".

"D'accordo, James, faremo così. Ci sentiamo quando arrivate a casa".

Fece una pausa, poi aggiunse:

"Può essere che faccia un'eccezione alla regola e che nei prossimi giorni venga a trovarvi".

"Sarebbe un onore e una gioia, per noi, Signore".

"Vedremo. Abbiate cura di voi".

"Sì, certo, grazie".

Mi rivolsi a Steve:

"Hai sentito? Domani si torna a casa!".

Respirò profondamente.

"Mi sembra un miracolo".

"In un certo senso lo è; chiamo Julie per avvisarla".

"Ma non puoi".

"Lo so che non posso, ma lo faccio lo stesso".

Le telefonai; rispose immediatamente.

"Julie, amore mio ascolta, non posso parlare a lungo. Domani partiamo, calcolando le ore di volo e il cambio di fuso, arriveremo domani notte verso le ventitre e trenta; per favore, prepara anche l'altra stanza perché per una decina di giorni Steve starà con noi.

Se vuoi, puoi dire a Maureen che venga anche lei, però ti avviso che io dormirò con Steve e tu con Maureen".

"James, cosa è successo?".

"Steve è stato ferito, poi ti spiegherò a voce; ora sta bene, ma devo occuparmi di lui per i prossimi dieci giorni. Perdonami, devo lasciarti. A domani".

Chiusi la comunicazione.

Nel pomeriggio preparai la mia sacca e quella di Steve.

La lavanderia ci aveva rimandato le divise e la biancheria lavata.

Nella camicia di Steve c'era il buco lasciato dal proiettile; evidentemente dovevano aver pensato che l'avrebbe conservata per ricordo, o per scaramanzia.

Misi anche quella nella sua sacca.

Verso sera ci vennero a trovare i nostri ragazzi: Brown, Sanders, Caster, O'Henry, Smith e Francis.

Erano contenti che potessimo rientrare e soprattutto di trovarci, tutto sommato, in buona salute.

Brown aveva raccontato loro che dopo la battaglia, mentre cercava i feriti, mi aveva incontrato che correvo con Steve fra le braccia, mi aveva aiutato a portarlo all'ospedale e, quando l'aveva visto in quelle condizioni, aveva pensato che non ce l'avrebbe fatta, anzi, che fosse già morto.

Poi avevano saputo che io avevo avuto un collasso e anche per me erano stati parecchio in pensiero; rievocando quei fatti, molti occhi si riempirono di lacrime.

Brown si scusò a nome di tutti, dicendo che l'emozione per quei due avvenimenti era stata così violenta, che il solo ricordo li faceva stare male.

Per fortuna tutti i giorni Burtler aveva redatto un bollettino medico su di noi, per cui avevano avuto la possibilità di essere costantemente aggiornati sulle nostre condizioni.

Venne a salutarci anche il Colonnello Pratter; ci ringraziò per l'aiuto che gli avevamo dato e per aver liberato Stivens e Carter, che, confermò, si erano ripresi quasi perfettamente.

Per ultimo, dopo cena, venne Burtler, tolse i punti a Steve e fece a entrambi ancora mille raccomandazioni; mi consegnò anche un'altra sacca in cui aveva messo del materiale che mi sarebbe servito per fargli le medicazioni nei prossimi giorni.

Non potemmo fare altro che ringraziarlo per averci salvato la vita e per tutto il tempo prezioso che ci aveva dedicato.

Rispose che aveva fatto il suo dovere di medico e che l'aveva fatto ancora più volentieri per l'amicizia reciproca che ci legava da oramai diciotto anni.

"James," mi disse "l'ultima volta che ci siamo visti in America latina, ho dovuto dichiarare la tua morte, finta, per fortuna, e la stessa cosa era già accaduta in molte altre missioni; questa volta ho rischiato di doverla dichiarare, per tutti e due, vera.

Se ci saranno ulteriori occasioni, spero che siano sempre e solo per far sparire nel nulla le vostre false identità; fatemelo come piacere personale".

"Lo speriamo anche noi, te l'assicuro".

Lo abbracciammo con sincera gratitudine, gli dovevamo la vita.

Quella notte dormimmo tutti e due sereni; la nostra avventura, dalla quale avevamo rischiato di non tornare più, era finita.

XII

Quando alle otto arrivammo all'aeroporto, accompagnati da Brown e da Sanders, trovammo l'aereo già pronto sulla pista.

Ad aspettarci c'erano Stivens e Carter che, con grande nostra gioia, avrebbero pilotato l'apparecchio; ci vennero incontro e ci abbracciarono.

Fu Stivens che parlò a nome di tutti e due:

"James, Steve, non abbiamo ancora potuto ringraziarvi per averci salvato la vita; Burtler ci aveva proibito di uscire fino a questa mattina. Senza di voi saremmo morti e, quello che è peggio, la nostra morte sarebbe stata uno spettacolo atroce per tutto il mondo.

Tu, James, ci hai insegnato a non aver paura di morire e infatti ti possiamo assicurare che non era quello che ci spaventava.

Ci spaventava moltissimo, invece, dover subire il supplizio pubblicamente, ripresi dalla televisione, esposti alle telecamere e ai flash dei fotografi come in un agghiacciante reality.

Pensavamo allo strazio delle nostre famiglie quando avessero visto quelle terribili scene; voi ci avete risparmiato tutto questo orrore, non vi saremo mai abbastanza riconoscenti. Grazie".

"Ragazzi" rispose Steve "noi abbiamo fatto solo quello che dovevamo fare, non è necessario che ci ringraziate".

Carter scosse la testa e aggiunse:

"Vi confessiamo che ci siamo sentiti anche in colpa per tutto quello che è successo dopo. Se non ci aveste liberati, i talebani non ci avrebbero attaccati, tutti quei nostri compagni non sarebbero morti e tu Steve, non saresti stato colpito e non avresti rischiato di morire.

Sappiamo che anche tu, James, ci sei andato molto vicino, che il tuo cuore per qualche attimo si è fermato".

Questa volta risposi io:

"Per fortuna tutto è andato bene, noi siamo tutti vivi, il resto è, e deve essere, solo un brutto ricordo.

Per quel che riguarda, invece, quello che hai detto tu adesso, vi proibisco nel modo più assoluto di pensare queste cose; la guerra è guerra, c'è chi muore, c'è chi sopravvive, ma nessuno ne ha colpa.

Loro ci odiano; se non vi avessimo liberati, vi avrebbero ammazzati e poi, alla prima occasione, ci avrebbero attaccati egualmente. Toglietevi queste idee assurde dalla testa, ve lo ordino.

Ora partiamo, coraggio, abbiamo voglia di tornare a casa".

"Subito Capitano, fra l'altro questo è il nostro ultimo viaggio per i prossimi tre mesi; ci hanno concesso un congedo per convalescenza piuttosto lungo. Salite".

Naturalmente, trattandosi di un viaggio molto pesante di ventiquattro ore, diedi il cambio in cabina pilotaggio ai due ragazzi, e ci dividemmo le ore di volo; Steve proprio non poteva farlo, quindi, anche se borbottò qualcosa del genere:

"Io non sono mica rimbecillito...sto benissimo...mi hanno colpito al torace, mica alla testa.." lo lasciammo riposare tranquillo.

Al nostro arrivo, trovammo due macchine militari ad attenderci all'aeroporto: una per Stivens e Carter, l'altra per noi.

Era notte, faceva freddo, ma la città era ancora vestita a festa, piena di luci e di colori; questa atmosfera ci scaldò il cuore e ci parve di poter godere almeno un po' di quel periodo natalizio che purtroppo avevamo trascorso in maniera così poco felice.

Appena entrati in casa, Julie, come suo solito, mi volò letteralmente fra le braccia e mi saltò al collo.

Vidi che la stessa cosa stava per fare Maureen con Steve; mi preoccupai.

"No, Maureen, ferma, non puoi farlo" gridai.

Lei si fermò stupita, mi guardò, poi guardò lui.

Julie mi sussurrò:

"Non le ho detto niente, ho pensato che era meglio che prima constatasse di persona che stava bene".

Intanto Steve, senza dire una parola, si era levato la giacca e aveva incominciato a sbottonarsi la camicia.

Restammo tutti in silenzio a guardarlo; poi si tolse anche quella.

Maureen vide il suo torace quasi completamente bendato, capì e scoppiò a piangere disperatamente.

Lui le sorrise, le andò vicino, le sollevò con la mano il viso e la baciò.

Fu un bacio così appassionato, così colmo di sensualità, che io non potei resistere; presi per la mano Julie e mi rivolsi al mio amico:

"Ragazzi, penso che abbiate molte cose da dirvi, e anch'io e Julie ne abbiamo. Vi lasciamo un po' soli, una mezz'oretta. Ti dispiace Steve?".

"Andate, andate, fate con comodo" poi mi strizzò un occhio "beati voi che potete".

"Steve, mi raccomando, non fare sciocchezze".

"Tranquillo, James, non ho nessuna intenzione di ritrovarmi di nuovo in un letto di ospedale".

Portai Julie nella nostra camera, incominciai ad accarezzarla.

"Aspetta, James, per favore, Steve è stato ferito in Afghanistan, vero? Nell'attacco di cui hanno parlato alla televisione? Deve essere stato terribile".

"Sì".

"James, lo so che non puoi darmi i particolari, vorrei solo sapere se è una ferita grave".

La vista mi si oscurò e mi sembrò di rivivere per un attimo, come in un *rallenty*, quei momenti così terribili.

Risposi:

"Sì, Julie, quando, dopo averlo tanto cercato, finalmente l'ho trovato, stava per morire, era steso per terra, a braccia aperte, come in croce, in un lago di sangue, respirava a fatica... capisci Julie, quando l'ho sollevato fra le braccia, Steve stava morendo..."

Non riuscii a trattenere le lacrime, che scoppiarono improvvise; Julie mi abbracciò e io piansi come un bambino fra le braccia della madre.

Mi lasciò sfogare, poi mi prese il viso fra le mani, me lo accarezzò, mi baciò gli occhi.

"Basta, James, Steve è vivo, non piangere più".

Mi baciò sulle labbra, io la strinsi a me.

Sì, aveva ragione, Steve era vivo, io ero vivo.

La morte era passata accanto a noi, molto vicina questa volta, ci aveva toccati, ci aveva quasi afferrati, ma poi, miracolosamente, ci aveva risparmiati riconsegnandoci alla vita.

Ora questa vita io la sentivo irrompere prepotentemente nelle mie vene, in tutto il mio corpo, con una forza e una violenza che mi travolgeva.

Era la vittoria sulla morte, sull'odio, sulle atrocità della guerra ed era amore, passione.....

Sentii un desiderio irrefrenabile di stringere mia moglie, di prenderla, di essere con lei un essere unico, inscindibile, di annullarmi in lei e lei in me, e mi accorsi che lei aveva lo stesso mio desiderio.

Ci amammo senza freni, senza inibizioni, con un'intensità che ci lasciò tramortiti.

Provai quasi rimorso nei confronti di Steve che non poteva fare lo stesso con Maureen, ma poi pensai che questo periodo di attesa li avrebbe presto consegnati alla stessa emozione indescrivibile che stavamo provando Julie e io in questo momento; valeva la pena, anche per loro, di aspettare ancora qualche giorno.

Dieci giorni passarono rapidamente.
Mi presi cura di Steve, dormii tutte le notti con lui e fui felice di farlo; durante il pomeriggio, Maureen prendeva il mio posto per un paio di ore, e io e Julie ne approfittavamo per stare insieme, per fare l'amore.

Fred, come aveva promesso, una sera ci venne a trovare con Luise.
Luise, con la scusa di voler vedere la casa, mi prese da parte.
"James, ragazzo mio" mi disse "sapessi come sono stata in pena per Steve e poi per te quando ho saputo che ti eri sentito male. Sei sicuro ora di esserti rimesso completamente? Non sarebbe meglio che ti riposassi ancora un po'? Hai bisogno che ti aiuti in qualche modo?".
"No, signora, grazie" le risposi "sto benissimo, è stata una cosa veramente da poco, mi dispiace che lei si sia preoccupata così tanto".
"James, per favore, non chiamarmi più "signora". Se le cose fossero andate come io desideravo, adesso mi chiameresti "mamma"; non pretendo questo, ma almeno chiamami Luise".
"D'accordo, Luise, però la prego, non stia in ansia per me".
Mi abbracciò.
"Ti voglio bene, ragazzo mio, non dimenticarlo mai".
Le restituii l'abbraccio.
"Non lo dimenticherò...e se mi permette, Luise, sono sicuro che sarebbe stata una mamma meravigliosa".
Mi fece una carezza sul viso e si asciugò una lacrima che le scendeva su di una guancia, poi scosse la testa e mi sussurrò:
"Purtroppo il destino ha voluto diversamente, ma io mi sento e mi sentirò sempre tua madre, e anche questo non dimenticarlo".

Trascorso il periodo stabilito da Burtler, Steve mi fece notare che oramai stava bene, che forse era arrivato il momento che lui e Maureen tornassero a casa loro.

Ebbi paura, gli proposi di rimanere ancora una settimana con noi: io mi sarei trasferito nella mia camera e Maureen avrebbe potuto dormire con lui.

Gli feci questa proposta per il timore che, riprendendo una vita normale, potesse avere dei problemi, sentirsi male e io non essere lì pronto a intervenire.

Capì e accettò.

Dopo una settimana mi prese da parte.

"James, so che stai in ansia per me, ma devi tranquillizzarti.

Vedi che in questi giorni non mi è successo niente, eppure ti assicuro che, da quando Maureen è tornata a dormire nel mio letto, non mi sono risparmiato, ho fatto l'amore con lei tutte le notti.

Sono guarito, adesso è giusto che torniamo a casa nostra, per noi, ma soprattutto per te e Julie.

Io ti sono grato di tutto quello che hai fatto per me; se non ci fossi stato tu, molto probabilmente ora non sarei qui. Sei stato per me più che un fratello e tu sai che niente e nessuno ci potrà mai separare, però ora devi lasciarmi andare.

Ci vedremo tutti i giorni, perché, oltre a lavorare fianco a fianco, abbiamo avuto anche la fortuna di innamorarci di due sorelle che si adorano e che sono felici quando possono stare insieme, però è necessario, per tutti e quattro, che conserviamo la nostra indipendenza.

Spero che tu mi capisca; perdonami, non vorrei sembrarti un ingrato. E poi devo anche tornare al lavoro, se no Fred si arrabbierà e finirà quello che hanno iniziato i talebani".

Annuii, aveva ragione, anche se mi costava parecchio ammetterlo.

"Si, Steve, ti capisco perfettamente e non ti considero certamente un ingrato, ci mancherebbe altro.

Del resto anch'io ho la certezza che niente e nessuno potrà mai separarci.

Hai ragione tu, quando volete, potete andare; solo, ti prego, abbi cura di te, la convalescenza non è ancora terminata, so che hai ancora dolore, so che sei ancora un po' affaticato, lo vedo. Quindi non strafare.

Ho promesso a Fred che almeno per questo mese, ma anche per il prossimo e l'altro ancora, se sarà necessario, ti avrei sostituito io al Corso, e lo faccio volentieri; per il lavoro, quindi, non devi preoccuparti.

Pensa soltanto a guarire completamente; parla con Julie, sono sicuro che le dispiacerà molto che ve ne andiate, ma capirà".

Lo abbracciai.

"Ti voglio bene, Steve la Volpe".

Mi restituì l'abbraccio.

"Anch'io te ne voglio, James il Gatto, e non sai quanto".

Dopo un paio di giorni se ne andarono, e Julie pianse tutte le sue lacrime.

"Dai Julie, non fare così, non vanno mica in Australia, vanno a dieci minuti da qui. Li potremo vedere anche tutti i giorni".

"Sì, James, ma mi ero abituata a vivere con loro, mi piaceva tanto essere un'unica famiglia".

"Ma noi siamo un'unica famiglia, ci vogliamo tutti bene, saremo sempre uniti, però è giusto conservare la propria libertà".

Poiché continuava a piangere, decisi di consolarla a modo mio, e ci riuscii perfettamente.

Il giorno dopo tornai a lavorare; quando i ragazzi seppero che avrei tenuto io le lezioni di Arti marziali, Resistenza al dolore e Tecniche di guerriglia, mi sembrarono sconvolti.

Temetti che scappassero in massa, invece l'indomani mi accolsero con affetto, addirittura mi applaudirono.

Evidentemente erano stati informati di tutto quello che era successo.

Dopo un mese Steve rientrò, e dopo altri quindici giorni anche Parker.

Tutto tornava nella norma.

Oramai eravamo quasi alla fine del terzo trimestre e nessuno
più aveva rinunciato; io ero particolarmente orgoglioso di
loro, erano tutti bravi, coraggiosi, impegnati, e anche spiritosi.
Mi ero divertito molto, quando, al rientro di Steve, parodiando
un vecchio slogan, avevano appeso nel cortile un enorme
striscione con scritto:

RAGAZZI TREMATE

IL GATTO E LA VOLPE SONO TORNATI

IL PERCHE' DELLA DEDICA

Quando il 19 Febbraio 2012 i nostri due Marò Salvatore Girone e Massimiliano Latorre furono arrestati dalla Polizia indiana con l'assurda accusa di aver ucciso due pescatori, scambiandoli per pirati, io avevo già scritto un certo numero di libri.

Di questi libri, romanzi di azione, erano e sono protagonisti due operativi di una rinomata Agenzia di Servizi Segreti americani; agenzia naturalmente inventata, come inventati sono tutti i personaggi e le imprese che compiono in giro per il mondo.

Eppure fra questi due personaggi di fantasia, James e Steve, e i nostri due Marò, Salvatore e Massimiliano, (mi perdonino se li chiamo così, semplicemente per nome, ma in questi due anni di partecipazione alla loro sofferenza mi sono diventati familiari) mi balzarono subito agli occhi degli evidenti parallelismi.

Prima di tutto il fatto che fossero due militari in missione a subire insieme questa incredibile ingiustizia; poi l'amicizia che li univa e li unisce nel lavoro e nella vita, nel bene e nel male.

Valore infatti fondamentale nei miei romanzi è il rapporto di profonda amicizia che lega i miei protagonisti e che li accomuna, li sostiene e li conforta in ogni situazione in cui si vengono a trovare, sia essa gioiosa o triste, esaltante o disperata.

Questo legame è ancora più evidente nei libri che io chiamo "della sofferenza", nei quali James e Steve devono superare dei momenti particolarmente dolorosi, umilianti, pericolosi; in queste circostanze è proprio il vincolo di amicizia, che li unisce, a dar loro la forza di tirare avanti, di non abbattersi di fronte all'avversità della sorte, di attraversare insieme l'oscurità per riemergere, sempre insieme, alla luce.

E mi pare che anche per Massimiliano e Salvatore, come essi stessi hanno dichiarato, l'amicizia è stata ed è, in questa triste vicenda, un riferimento sostanziale.

Poi c'è lo "spirito di Corpo", che fa sì che James, Steve e i loro colleghi siano soprattutto dei compagni per i quali si è pronti a dare tutto, anche la vita, se necessario; e credo fermamente che tutti i ragazzi del glorioso Battaglione San Marco siano animati da questo stesso intendimento.

Infine ci sono i principi fondamentali, a cui i miei protagonisti non vengono mai meno: il Dovere, l'Onore, la Lealtà, il Sacrificio; mi sembra che i nostri Marò abbiano dimostrato ampiamente di sapersi riferire a essi senza cedimenti di sorta.

Ultima, ma non meno importante, la Dignità con cui si devono saper affrontare le difficoltà, le sofferenze e le umiliazioni e che Massimiliano e Salvatore posseggono in maniera eclatante.

Spero che non si offendano se li paragono a dei personaggi di fantasia; per scusarmi vorrei riuscire a far capire che io considero James, Steve, e tutti i loro compagni e amici, delle persone reali: quando ne descrivo le azioni, i sentimenti, le pene, io le vivo intensamente con loro, dentro al mio cuore.

E confesso che allo stesso modo ho vissuto e vivo con i nostri Marò e con le loro famiglie l'angoscia di un'accusa ingiusta e di una ingiusta carcerazione.

Per tutti questi motivi decisi fin dall'inizio che se un giorno i miei libri, quelli già scritti e quelli che avrei scritto in futuro, fossero stati pubblicati, le uniche persone a cui avrei voluto dedicarli, sarebbero stati questi due ragazzi di cui tutti noi dobbiamo andare fieri.

Ho mantenuto fede al mio impegno: il mio primo libro pubblicato: "La morte non la puoi ingannare" l'ho dedicato a

loro; lo stesso è stato per gli altri e sarà anche per questo e per
tutti quelli che, spero, avrò la gioia di poter ancora pubblicare.
Grazie, Massimiliano e Salvatore, avete risvegliato in noi
l'orgoglio di essere Italiani.

Simonetta Scotto

INDICE

Finito di stampare nel mese di Agosto 2015
per conto di Youcanprint *Self - Publishing*